L'ART POÉTIQUE DU ROMANTISME,

SUIVI D'UNE TRADUCTION

en vers français

DU DEUXIÈME LIVRE DE L'ÉNÉIDE.

L'ART POÉTIQUE

DU

ROMANTISME,

SUIVI D'UNE TRADUCTION
EN VERS FRANÇAIS
DU DEUXIÈME LIVRE DE L'ÉNÉIDE, *(et du 1er.)*

Par GIRAUD (Philip),
Maître de Pension à Antibes.

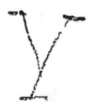

MARSEILLE,
TYPOGRAPHIE BARLATIER-FEISSAT ET DEMONCHY,
RUE CANEBIÈRE, 19.

—

1845.

AUX HABITANTS

de la Lune.

Aux Habitants de la Lune.

Si l'Arioste a dit vrai, quand il affirme que tout ce qui se perd sur notre planète monte en droite ligne à la vôtre, il est fort probable que vous ne connaissez encore ni Virgile, ni Boileau; il est même sûr que vous ne les connaîtrez jamais.

Toutefois il peut se faire que vous en ayez quelque idée, d'après les commentaires et les traductions, genre d'ouvrages doués à l'envi d'une prodigieuse ascension juxta-lunaire.

Je vous annonce que vous posséderez bientôt, au sujet des deux poètes précités, quelques renseignements de plus : je viens, en effet, de parodier l'un et de traduire l'autre, et, dans peu de minutes, ma brochure se trouvera plus haut que n'est allé le ballon de M. Gay-Lussac.

Sans doute, en recevant cette nouvelle version du plus beau livre de *l'Énéide*, vous regretterez, pour la millième fois, d'être privés d'un texte aussi souvent imité qu'il est inimitable. Je vous assure que vos regrets seront justes, et que Virgile est à ses moins mauvais traducteurs ce que le soleil est à ses planètes.

Quant à ma parodie, c'est autre chose. Et d'abord, Boileau n'étant pas de la taille de Virgile, on peut, jusqu'à un certain point, entrer en ligne après lui. En un mot, je prévois que la parodie n'arrivera dans la lune qu'après la traduction.

Dans cette bluette, je vous signale certains auteurs dont vous recevrez prochainement la visite, et qui ne tiennent plus à la terre que par le petit doigt du pied. Ils auraient déjà pris leur essor vers vous, sans l'adresse qu'ils ont eue de se constituer en état insurrectionnel, et sans l'attention dont les ont honorés ceux qu'ils appellent, dans leur politesse, *les grenouil-*

les des marécages littéraires. En attendant, vous me saurez, je l'espère, quelque gré de vous avoir prévenus de l'imminence de leur départ.

J'aurais, avant de finir, une chose à vous demander : comment se fait-il, lorsque nous vous envoyons tant de livres, qu'il ne nous en arrive jamais aucun de chez vous, à nous qui sommes pourtant votre centre de gravité ?

Je présume que cela provient de ce que vous n'écrivez pas, ce qui provient encore de ce que le bon sens perdu sur la terre s'envolant dans votre planète, vous avez la prudence de vous l'approprier.

Quoi qu'il en soit, nous ne pouvons que nous désoler de n'être pas instruits de vos affaires, comme vous l'êtes des nôtres.

Par exemple, combien de temps, dans la vie, porte-t-on le masque chez vous ? Y dit-on du bien de ceux qui en font ? Y est-on satisfait de l'esprit des autres ? N'y travaille-t-on que pour l'honneur ? En somme, ce qu'on y appelle édifice social, est-ce une habitation peuplée de personnes aussi aimables que nous ?

Voilà, entre autres choses, ce que je brûle de savoir, et ce que je n'espère pas ignorer toujours.

En effet, nous avons déjà, pour voie horizontale de communication, les chemins de fer atmosphériques; qu'on en construise un seul verticalement, et les habitants de la lune seront bientôt quittes envers notre curiosité.

L'ART POÉTIQUE
DU ROMANTISME.

L'ART POÉTIQUE

DU

ROMANTISME.

—————◆—————

CHANT PREMIER.

—

Préceptes généraux relatifs à cet art, avec application de quelques-uns
au Classisme lui-même.

—

Vainement le rimeur, dans ce siècle pervers,
Espère avec son nom accréditer ses vers :
S'il n'est capitaliste avant d'être poète,
S'il n'a de quoi payer un laurier de gazette,
Il ne sortira point de son obscurité,
Et, tel qu'il a vécu, mourra pauvre et crotté.

Mais vous qui, possesseurs d'un trésor légitime,
Prétendez du Parnasse illuminer la cime,
Mortels chers à Plutus, c'est pour vous que j'écris;
L'Art Poétique est fait pour vos nobles esprits;
Méditez les leçons que je vais vous transcrire,
Et préparez déjà votre brillante lyre.

Quand la Mort du Classisme eut emporté les Dieux,
Long-temps leurs nourrissons se réglèrent sur eux :
La raison, la clarté, le nombre, l'élégance,
Sur le Pinde français étendaient leur puissance.
Cependant Fontenelle, en un chant pastoral.
Avait du bel-esprit ruminé le signal.
Lamotte, qui survint, propagea cette mode :
Il sut faire un chapitre et le nommer une ode;
Il travestit Homère en poète allemand,
Fit un OEdipe en prose, et toisait en rimant.
Dorat, leur successeur, par une autre manie,
Vide de bel-esprit, créa l'afféterie,
Et long-temps son école eut un brillant succès :
Mais Laharpe à ce genre ayant fait le procès,
On vit plus d'une fois la critique volage
A Dorat vieillissant refuser son hommage.
Ce rimeur doucereux, sifflé dans son déclin,
Rendit moins affectés les soupirs de Bertin.

Enfin Hugo parut, et la France inclinée
Salua longuement sa muse couronnée :
D'un mot hors de sa place on reconnut le prix,
Et le Classisme en pleurs dut sortir de Paris.
Au gré du conquérant notre langue conduite
Présenta tous les sons à l'oreille séduite ;
Les strophes dans un chant galoppèrent sans art
Et chez lui la raison fut l'effet du hasard.
Tout fléchit à sa voix : ce rêveur magnanime
Venait de découvrir.... l'Océan? non, la rime !
Marchez donc à son ombre ; imitez ses grands mots,
Ses ténébreux éclairs, ses lumineux défauts.

Laissez un Béranger, cher à la populace,
Vainqueur d'Anacréon, ressusciter Horace;
Lamartine obéir à son instinct sacré,
Sublime quelquefois et toujours inspiré;
Barthélemy, Méry, ces gémeaux du Permesse,
Solidaires de gloire et rivaux de tendresse,
Electriser la France et médire en beaux vers :
Ils pensent librement, mais leur style est aux fers.

Quant à vous, repoussez les règles du langage;
Sectateurs du génie, ayez-en le courage.

Je n'applaudirai pas un style cadencé,
Si le fond du sujet n'est hardiment troussé ;
Je ne pourrai souffrir, au nom de la grammaire,
Un discours dont le sens est un limpide verre ;
Enfin, sans du fracas, l'écrivain le plus pur
N'est qu'un poète en prose, un prosateur obscur.

N'en déplaise à Boileau, travaillez à la hâte,
Plus le style est limé, plus la pensée est plate ;
Si quelque puritain en montrait du dépit,
Faites comme Pilate, et dites : C'est écrit !

Voulez-vous imiter l'accent de la nature?
Expulsez hardiment le rythme et la césure :
L'auteur qui s'étudie à niveler ses vers,
Talent microscopique, échappe à l'univers.
Ainsi ce doux soleil dont la splendeur amie,
Le long de son passage, éclaire et vivifie,
Obtient moins de regards que l'astre échevelé
Qui s'allonge au hasard sur le monde troublé.

Au bout d'un vers, flanqué d'un sonore hémistiche,
Que la rime orgueilleuse en expirant soit riche :

La rime est aujourd'hui, dans la main d'Apollon,
Un sceptre, une béquille, ou du moins un bâton.

Gardez-vous de proscrire une expression basse :
L'égalité des mots règne sur le Parnasse.
Néologue hardi, que, sous votre cordeau,
S'aligne plus d'un terme étranger ou nouveau.
Il approche le temps où nos belles lectrices
Du Russe en vers français goûteront les délices,
Le temps où doit fleurir le style universel ;
Le Pinde deviendra le rival de Babel :
Nous lirons Béranger en interlinéaire,
Et pour le Parisien on traduira Voltaire ;
L'aspirant bachelier, pour prétendre au succès,
Devra dans La Fontaine expliquer le français.

Faut-il que dans un livre où les beautés foisonnent,
D'un éclatant défaut quelques pédants s'étonnent ?
Le poète, à mon sens, doit rire du maçon
Qui n'ose par les toits commencer ma maison ;
Qui ne peut établir l'entrée à la fenêtre ;
Qui soumet au niveau même un rempart champêtre,
Et du plan convenu ne s'écarta jamais
Sans avoir à sa suite un sévère procès.

Que dans vos vers, ornés de pieuses folies,
Apparaisse un auteur nourri de litanies :
Laissez à saint Joseph l'équerre et le compas,
Le caniche à saint Roch, la baleine à Jonas ;
Que dis-je? à vos héros joignez plus d'un ermite ;
Ne leur donnez qu'un nom parfumé d'eau bénite,
Que rien ne sente en eux le grec ou le romain ;
Qu'ils aient un chapelet dans leur profane main.
Frollo, Quasimodo, Triboulet, Han-d'Islande,
Marion, Hernani, quelle angélique bande !
Un seul de ces doux noms, poétique rubis,
Peut valoir au poète au moins le Paradis.

Mais je vois se dresser l'inflexible Censure ;
A défaut de sa bouche, elle entr'ouvre sa hure ;
Elle avance, elle gronde et vous crie en courroux :
Misérable faiseur, de quel droit rimez-vous? —
Peu troublé des rigueurs d'un puritain sans tache,
Caressez sous son nez votre large moustache,
Bourrez un pistolet, brandissez un damas ;
Vous verrez le censeur muet et chapeau bas.

Pour moi, vive un tel homme! Il chatouille ma bile :
Je trouve à le pincer l'agréable et l'utile :

Damis raille ma gloire.... anathème au faquin !
D'abord je le dévoue à mon alexandrin ;
Au coin d'un feuilleton ma muse le ressasse,
Puis, pour mieux l'achever, je descends du Parnasse.
J'aborde ses rivaux ; mais je ne leur dis pas :
— Damis trouve mes vers incolores et plats. —
— Damis, tout doucement leur soufflé-je à l'oreille,
Savez-vous ce qu'il est ? une stérile abeille,
Un frêlon qui ternit le lis qu'il a touché :
C'est un ingrat, un fourbe, un Harpagon caché ;
Je l'ai prôné parfois, présumant le connaître ;
Qui l'eût pensé ? j'aimais et je vantais un traître ! —
Ainsi j'ose fouetter le censeur importun :
Il est mon ennemi !... c'est l'ennemi commun.

Toutefois, pour marquer vos phases littéraires,
Ayez dans les journaux des Argus tutélaires ;
Dans leur bourse discrète émiettez vos deniers,
Et soldez prudemment l'éclat de vos lauriers.
Mais, au lieu d'un ami, souvent on paie un maître ;
Voici donc sous quels traits vous pourrez les connaître.

Un maître rarement vous proclame Apollon,
Homérique génie, ou céleste démon ;

Rarement à vos vers il reconnaît des charmes
Qui le fassent pâlir ou ruisseler de larmes :
Pas un mot de louange au flanc qui vous couvrit,
Non plus qu'à l'heureux sein dont le lait vous nourrit.

Mais un ami, pourvu que votre or lui sourie,
Saura trouver en vous la veine du génie :
Je le vois vous fixer sur un sens incertain ;
Vous alliez corriger, il retient votre main ;
Votre genre, à son gré, c'est le genre qu'on aime ;
Vous êtes à ses yeux la nature elle-même ;
Il connaît mieux que vous le fin de vos écrits :
Vous, rester en province ? allez donc à Paris !

Puissiez-vous cependant, avant cette sortie,
Filer vos nobles vers sous l'œil d'une Aspasie,
Les soumettre au visa d'une docte moitié
Pour tout autre que vous prodigue de pitié.
Quel plaisir d'entrevoir l'Aristarque femelle,
Devant son pot-au-feu tranchant de l'immortelle,
Trépigner à la voix de l'Homère chéri,
Se pâmer, s'écrier : — Ah ! grâce, mon mari !

Heureux aussi l'auteur qui possède une épouse
De rimer elle-même éperdument jalouse :
A défaut d'héritiers, dans son brillant salon,
Elle emmaillottera des fils en Apollon,
Stances, odes, quatrains, ballades, barcaroles,
Chefs-d'œuvre composés de mots et de paroles.
Lucine, conviée à ses accouchements,
Sanglera maintes fois des drames, des romans,
Fantastique lignée, audacieux mélange
De noir, de clair-obscur, de perles et de fange ;
OEuvres où trop souvent, loin d'un pudique feu,
La femme se fait homme, et daigne croire en Dieu.

Votre livre est fini ; brochez-en la préface :
L'emphase et l'égoïsme y trouveront leur place.
Là, sans vous soucier du vulgaire lecteur,
Moquez-vous fièrement du feuilleton moqueur ;
Des Janin, des Old-Nick chansonnez la critique,
Et piquez Girardin d'un baiser romantique.
Lyrique, de Rousseau vous ne parlerez pas ;
Sa main, au lieu d'un luth, dut tenir le compas.
Dramaturge, il vous sied de surpasser Molière ;
Mais fi ! du beau Racine et du frileux Voltaire ;
Leur mode est surannée, et quatre fois Dandin
L'auteur qui va chez eux se choisir un parrain.

Faut-il nommer votre œuvre? elle aura ma louange,
Si son titre est pompeux, du moins s'il est étrange.
La France ose applaudir les *Méditations....*
Feu! *Chants du Crépuscule* et *Consolations!*
Partez, *Feuilles d'Automne*, et vous, *Orientales,*
Allez frayer la route à des *Occidentales!*
Que ces titres sont beaux! Quel superbe moyen
De nommer un ouvrage et de n'exprimer rien!

Certes, le Romantisme est une grande chose :
La prose y touche aux vers, et les vers à la prose.
La lune, s'élevant sur *le clocher jauni,*
Pour lui, qui le croirait? c'est *un point sur un i,*
Il a su bravement découvrir *la mer grise*
Où Zéphir désormais est *la brise qui brise;*
Chrétien par Mahomet, au ciel il pourra voir
La vierge qui sourit, *belle comme un beau soir.*

Mais votre heure est venue : allons, noble poète!
Gesticulez, criez dans la foule muette :
Imposez-nous vos vers, et que votre portier
Soit lui-même contraint de les lire en entier.
Il faut que désormais nul passant n'en échappe;
Poursuivez-en le prêtre au dessous de sa chape,

Et dans l'église même, à l'heure du sermon,
Forcez votre voisin d'entendre une chanson.
Un drôle voudrait-il vous priver de lui plaire?
Osez lui redresser la colonne épinière,
Si toutefois cela peut se faire aisément.
Il existe, en effet, plus d'un sot garnement;
Il est tel qui, riant des vers qu'on peut lui dire,
Est homme néanmoins à soutenir son rire :
Alors pour le génie il serait périlleux
De s'offenser crûment des bravades d'un gueux;
Le plus sûr, c'est de plaindre, usant de politesse,
Un faquin qui du beau n'entend point la finesse,
Et de tâcher du moins de lui faire écouter
Quelques morceaux meilleurs, ou de les lui prêter.

Auteurs, je vous l'ai dit, la pièce la plus belle
Déplaira sûrement si la mode est contre elle.
Rien n'est beau, rien n'est bon sans l'aveu de Paris;
C'est lui qui doit au jour amener vos écrits;
Lors même que son goût tiendrait de la folie,
Il faut que devant lui la France s'humilie :
Auteurs, allez-y donc conquérir un berceau,
Ou payer chèrement le voyage au tombeau.

Ayez soin que les mœurs peintes dans votre livre
Ne présentent jamais des modèles à suivre :
On admire aujourd'hui ces hardis écrivains
Qui semblent dans le crime avoir trempé leurs mains ;
L'encre d'un lupanar dessina leur volume ,
Et Messaline seule a pu tenir leur plume.

C'est ainsi que , cynique et pieux tour à tour,
Du volage public vous obtiendrez l'amour ;
Sa faveur, quelquefois, jusqu'au tome vingtième ,
Suivra l'auteur frappé du classique anathème.

Ecrivez pour l'argent , et qu'un frêle laurier
Ne vous pousse pas seul aux courses du papier.
Au début, il est vrai, vous seriez mercenaire
Si vous alliez forcer le comptoir d'un libraire ;
Mais, au second succès, pressurez l'Harpagon ;
Qu'il vous rende cet or qu'il doit à votre nom ,
Et, pour venger enfin d'innombrables victimes,
Des pores de sa bourse exprimez tous ses crimes.

FIN DU CHANT PREMIER.

CHANT DEUXIÈME.

—

Règles de la Poésie Dramatique.

—

L'univers n'a point eu de monarque fripon ,
De moine débauché, de vestale en jupon ,
De païen converti, de chrétien idolâtre,
Qui ne soit citadin du moderne théâtre.
Depuis que l'Hugotisme osa sur ses tréteaux
Promener des cercueils, des lits, des échafauds,
Nos auteurs, abjurant une noble imposture,
De toute sa laideur ont paré la nature.

Ainsi, vous que la scène, à ces titres divins,
Invite à soutenir ses mobiles destins,
Voulez-vous y cueillir une palme Burgrave?
Inceste, assassinat, que rien ne vous entrave!

Le Romantisme adroit, de longs mots escorté,
Sait poétiquement filer la saleté ;
Sans jamais s'effrayer des holà ! du parterre,
Dépouillé de son voile, il montre l'adultère ;
Il viole, empoisonne, égorge, et sans pudeur
Lance le croque-mort au nez du spectateur.

Ayez soin, toutefois, de solder une bande
Qui jette à vos beautés des bravos de commande ;
Déchaînez cent menins, au robuste thorax,
Capables de jouter de la langue et du bras,
Et qui, de toutes parts postés avec adresse,
Au classique lui-même imposent leur ivresse,
Le forcent d'applaudir, et sachent, au besoin,
Lui prouver que vos vers sont frappés au bon coin.

Je hais l'auteur craintif qui, sans nous faire attendre,
Annonce l'action et la laisse comprendre,
Et qui, par sa franchise et son style indiscret,
Met d'abord l'auditoire au courant du sujet,
De l'intrigue à nos yeux ouvre le labyrinthe,
Et tempère avec art l'espérance et la crainte.
Sans doute, il vaudrait mieux qu'il dît en se montrant :
— N'auriez-vous pas sommeil ? reprenez votre argent, —

Plutôt que d'étaler des phrases ingénues,
Et des choses surtout que chacun a prévues :
Le sujet assez tard ne peut être connu.

Aux lois de l'unité nul ne sera tenu :
Sous le même plancher, en moins d'une seconde,
L'Anglais ne sait-il pas nous retourner le monde ?
Un acteur espagnol, en trois heures de temps,
N'a-t-il pas l'heureux droit de vivre quarante ans ?
L'Aristote germain, sur un même théâtre,
Au lieu d'une action, permet d'en offrir quatre ;
Et le rêveur Boileau serait cru comme un dieu,
Lorsqu'il dit : — Un seul fait, un seul jour, un seul lieu !

Ne présentez jamais ce que chacun peut faire,
Et que le vrai, chez vous, ne soit point ordinaire :
Un vulgaire parleur est peu digne de foi,
Et j'ai payé pour voir d'autres êtres que moi.

Ne laissez nul objet en dehors de la scène :
L'homme à tout regarder s'accoutume avec peine,
Mais la femme elle-même y consent à la fin,
Et, plus que l'homme encore, aime le surhumain.

J'aimerais qu'un acteur, déguisant sa parole,
Gardât l'incognito jusqu'au bout de son rôle :
Aux chefs-d'œuvre du jour voilà ce qui surprend ,
Ce que *la Tour de Nesle* a de plus ravissant ,
Quand du sein d'une orgie une Phryné s'élance ,
Ote son masque et dit : — Je suis reine de France ! —

Chez les anciens , qu'on vante et qu'on ne lit jamais ,
Le théâtre classique eut ses plus beaux succès :
Euripide , Sophocle et tous ceux de leur race
Ne surent cependant que gloser avec grâce ;
Sénèque seul du style ennoblit le fracas....
Il eût pu s'abonner aux drames de Dumas.

Plus tard , on vit chez nous , aux rives de la Seine ,
Des Thespis tonsurés nous étaler leur scène ;
L'Éternel y prêchait au milieu des dévots :
Ce fut le Romantisme errant dans ses maillots.

Corneille de l'antique adopta la manie,
Et déprima souvent son superbe génie ;
Mais s'il lut Aristote en composant *Cinna* ,
Grâce pour sa mémoire ! il a fait *Attila*.

Racine vint ensuite : il fraya cette ornière
Où, sans honte, après lui, s'est aplati Voltaire.
Pradon et Crébillon vengent en vain le goût;
Burrhus et Mahomet triompheront de tout ;
Lekain les soutiendra de son accent sonore,
Et Ligier, de nos jours, doit leur sourire encore.

Ainsi, chez les Français, le théâtre gâté
Fut naguère un plaisir follement acheté.
Tandis que, dans Paris, la tourbe jacobine
Du préjugé tremblant consommait la ruine,
Votait la liberté pour tout cet univers,
Le drame fut laissé dans ses risibles fers.
L'Allemagne à la fin eut pitié de la France :
Elle nous fit prouver, avec quelque indulgence,
Que Racine et Voltaire étaient de nobles sots;
La scène fut fermée à leurs pâles héros ;
Chénier même roula, froissé dans leur disgrace,
Et l'on connaît le dieu qui se mit à leur place.

Dès ce moment, l'amour, plus ardent et plus nu,
Affecta de paraître impie et dissolu,
Et dans tous les acteurs une heureuse licence
De cette passion attesta la présence.

Faut-il à son pouvoir soumettre vos héros?
Qu'ils ne soient pas du cœur les timides échos.
N'opposez nul obstacle au brûlant Lovelace;
Outrez des Borgia l'impudeur et l'audace;
Faites marcher sans cesse un poignard avec eux,
Et que de leurs excès ils ne soient point honteux.

Reléguez au boudoir les folles mignardises;
Pourtant le Romantisme admet quelques sottises.
Je souris quand Hugo, facile à s'embraser,
Voudrait donner le ciel pour un simple baiser.
A ce léger travers, on s'aperçoit d'une âme
Que l'amour platonique effleura de sa flamme.
Montrez-vous quelquefois dans un transport pareil,
Et promettez la lune à défaut du soleil.
Aux autres passions souffrez quelque imposture;
Sachez à votre gré dépeindre la nature,
Et si votre sujet en doit être plus beau,
De l'histoire elle-même effacez le tableau.

Delavigne, écrivant *les Vêpres Siciliennes*,
Peut amener, s'il veut, des faces italiennes,
Aux coutumes du temps contraindre ses acteurs,
Leur en donner l'habit, la tournure, les mœurs,

Et, pour couper la gorge à nos compatriotes,
Chercher si Procida portait souliers ou bottes ;
Au classique tremblant le scrupule est permis,
Et, sans lui, quel mérite auraient ses vains écrits ?
Mais à François Premier, ravisseur de Diane,
Faut-il peindre l'horreur de cet acte profane ?
Quoique, dans ce moment, il soit certain pour nous
Que Saint-Vallier habite à l'hôpital des fous,
Toutefois produisez cet héroïque père ;
Il est mourant de peur, qu'il soit ferme et sévère,
Et qu'il reproche au roi d'avoir *flétri, brisé*
Diane de Poitiers, comtesse de Brezé.
Ces deux vers ont coulé d'une plume divine,
Et seuls ils valent mieux que tous ceux de Racine :
L'un mourut dans l'oubli ; l'autre, en manteau de pair,
Au cuivre d'un miroir fixera *son œil clair.*

Aux lauriers moissonnés par le drame classique,
Sans doute que Paris doit la scène comique.
Corneille, le premier, avec quelque froideur,
Osa près des héros établir un *Menteur.*
Molière, plus hardi, fit reluire à la France
Un esprit trop gâté par Plaute et par Térence ;
Il lança l'ironie au genre médecin,
Et rit classiquement du Romantisme humain.

Aussi, lorsque sur lui la Mort eut mis sa patte,
On jeta dans l'Enfer son âme scélérate ;
On n'entendit nul prêtre à son cercueil chanter ;
La scène seulement parut le regretter.
Regnard, qui succédait à sa verve infernale,
Accrut encor le rire, augmenta le scandale ;
Destouches et Gresset, puristes séduisants,
Donnèrent des travers aux plus honnêtes gens ;
Et Piron, à la fin, dans sa *Métromanie*,
Compléta le désordre en raillant le génie.

Vous qui leur succédez, fuyez leur enjoûment,
Ou riez à la toise, et pleurez en riant :
Vaudeville sournois, à défaut de la gloire,
Au parterre endormi demandez un pour-boire.

Un Comique, autrefois, avant de se montrer,
Au fond du cœur humain était tenu d'entrer :
Il fallait, pour tracer un heureux caractère,
Qu'il ne consultât pas son seul vocabulaire,
Qu'il donnât à chacun sa forme et sa couleur,
Et qu'il fût un miroir à l'œil du spectateur.
Aujourd'hui, pour produire une pièce parfaite,
A peine est-il besoin que son auteur l'ait faite :

Ce chef-d'œuvre, jadis lentement façonné,
Se fabrique, entre amis, pendant un déjeuné;
Un d'eux le lit ensuite, y change quelque ligne,
Ou même, sans le lire, il l'approuve et le signe.

Le peuple avec ses mœurs réforme ses habits;
Connaissez donc la mode à défaut des esprits.

De nos jours, le jeune homme, essayant plus d'un rôle,
Est bachelier et sot, romantique et frivole;
Il a les cheveux longs, sait tomber de cheval;
Volaille crinifère, il roucoule en un bal;
Il digère une lave, il torture un cigare;
Il guide la beauté, que souvent il égare....
Fou dans ses vêtements, grave dans son maintien,
Babillard et penseur, il est tout et n'est rien.

D'un fol amour du gain le marié s'enflamme
Il caresse son fils et querelle sa femme,
Ou, complaisant peut-être et dès lors oublieux,
Des laideurs du beau sexe il détourne les yeux.

Le vieillard, avant tout, se pourvoit de lunettes,
Et plus d'un almanach brille dans ses emplettes.
Il sourit au chapeau qu'il porta cinquante ans,
N'adopte qu'avec peur les pantalons collants;
Ainsi qu'au temps jadis, il se résigne à boire,
Et d'un bonbon reçu cajole la mémoire.

Mais, s'il fallait à fond nuancer les portraits,
Ferait-on en courant des ouvrages parfaits?
Fermez donc votre oreille au critique frivole
Qui veut vous promener du Louvre au Capitole,
Et, dans sa rêverie, exigera de vous
Que vous sachiez au vrai ce que c'est qu'un époux,
Un imberbe, un grison, une laide, une belle,
Et les types nombreux de l'engeance mortelle.
Ce siècle aux nouveautés prodigua son amour:
Aussi ne peindrez-vous que les travers du jour;
Et si vous n'atteignez au renom de Molière,
A votre mort, du moins, vous serez mis en terre.

FIN DU DEUXIÈME ET DERNIER CHANT.

ÉNÉIDE.

LIVRE DEUXIÈME.

Énée, prince troyen, décrit à Didon, reine de Carthage, et à ses sujets,
la dernière nuit de Troie.

—

L'assemblée immobile attendait en silence ;
Soudain, penché vers elle, Énée ainsi commence :

Reine, vous m'ordonnez d'exprimer nos malheurs
Et de renouveler de tragiques douleurs ;
Vous venez d'évoquer cette heure expiatoire
Qui vit des Grecs sur nous la suprême victoire :
Déplorables destins, accomplis sous mes yeux,
Et dont je fus, hélas! un acteur glorieux.

A ce récit lugubre échappé de ma bouche,
Quel Ithacien cruel, quel Dolope farouche,
Quel barbare, en un mot, ne soupirerait pas?
Déjà l'humide nuit précipite ses pas,
Et les astres, penchés au bout de leur carrière,
Aux douceurs du sommeil invitent la paupière;
Mais, puisque nos malheurs ont pu l'intéresser,
A Didon, malgré moi, je vais les retracer.

Fatigués des travaux d'une inutile guerre,
Et jouets d'un destin sans cesse plus contraire,
Les conducteurs des Grecs, Pallas les inspirant,
Construisent un cheval, quadrupède géant :
Le chêne en cuirassa la masse caverneuse.
On dit que c'est un don, une offrande picuse
Qui doit aux Achéens aplanir le retour.
Dans le flanc de ce monstre impénétrable au jour,
Monte, à l'appel du sort, une phalange armée,
Élite de héros muette et renfermée. ·

Aux beaux jours de Priam, Ilion, sur les flots,
Voyait devant ses murs sourire Ténédos :
Ile puissante alors et maintenant sauvage,
Elle n'offre aux nochers qu'un dangereux rivage.

Là naviguent les Grecs, à l'ombre des déserts.

Pensant que leur armée avait franchi les mers,

De ses habits de deuil le troyen se délivre,

Et, loin de ses remparts, il commence à revivre :

Il se plaît à revoir ces ondes sans vaisseaux,

Ces bords où le Dolope attacha ses drapeaux,

Cette plage où parut le redoutable Achille,

Et ces champs dont la mort avait fait son asile.

Le superbe colosse à Pallas consacré

Du peuple qui l'entoure est long-temps admiré.

Thymète, le premier, téméraire ou perfide,

Veut que ce don fatal à nos destins préside,

Et prétend le conduire au milieu d'Ilion ;

Mais Capys et tous ceux qu'inspire la raison,

Conseillent hardiment ou de jeter dans l'onde,

Ou de livrer au feu le quadrupède immonde,

Ou du moins de l'ouvrir, d'en éclairer les flancs,

Et de se défier de semblables présents.

Cependant ces avis partageaient le vulgaire.

Soudain Laocoon, enflammé de colère,

Descend des murs, suivi d'un cortége nombreux,

Et, loin de nous encor, s'écrie : « O malheureux,

« Malheureux citoyens, d'où vient votre folie?

« Pensez-vous que leur flotte à jamais soit partie?

« Pouvez-vous sous ces dons ne pas craindre leurs coups?

« Ulysse enfin est-il ainsi connu de vous?

« Ou les Grecs sous ce bois ont caché leur audace,

« Ou bien par ce cheval leur haine nous menace

« De renverser nos murs, de franchir nos maisons :

« Quoi qu'il en soit, des Grecs je crains même les dons. »

Il dit, et dans ses mains fait vibrer une lance

Qu'au pesant quadrupède avec fureur il lance;

Dans la croupe immobile elle plonge en tremblant,

Et l'abîme éveillé lui répond sourdement.

Ah! sans l'arrêt du sort, sans notre âme aveuglée,

Le fer eût parcouru la caverne ébranlée :

Cher Ilion, dès lors auraient cessé tes maux,

Et tes remparts debout couvriraient tes héros!

Mais aux pieds de Priam, au sein d'un long murmure,

Des pasteurs conduisaient une humaine figure,

Jeune inconnu, lui-même abordant leurs liens,

Et méditant d'ouvrir Pergame aux Achéens;

Homme prêt à braver les tourments, la mort même,

Pourvu que le succès suive son stratagème.

La jeunesse troyenne, aux avides regards,
Pour railler le captif, accourt de toutes parts.
Ici voyez des Grecs l'ingénieuse audace,
O Reine, et par un seul connaissez cette race !

Dès que cet étranger, sans armes, sans appui,
Eut vu nos bataillons rangés autour de lui :
« Oh ! » dit-il, affectant une peur mensongère,
« Quel lieu peut désormais accueillir ma misère,
« Moi que les Grecs jaloux repoussent de leurs bras,
« Moi dont tous les Troyens béniront le trépas ! »

Il dit : le peuple, ému, l'environne en silence ;
Tous veulent désormais connaître sa naissance ;
Des secrets de son âme on l'engage à parler,
A motiver enfin ce qu'il peut révéler.

Alors de la frayeur ses yeux quittant l'empreinte :
« Grand roi, dit-il, Sinon s'exprimera sans feinte.
« Et d'abord, je suis Grec : le sort peut m'abaisser,
« Mais le sort à mentir ne saurait me forcer.
« Sans doute, les Troyens gardent dans leur mémoire
« De l'enfant de Bélus l'héroïsme et la gloire :

« Palamède (il était contraire à nos assauts)

« Tomba sacrifié par de lâches rivaux,

« Mais bientôt regretté de l'Hellénie entière.

« Eh bien! commis à lui par mon malheureux père,

« Et lié par le sang à ce héros fameux,

« Jeune encore, on me vit aborder en ces lieux.

« Aussi, tant qu'il vécut, tant qu'il servit la Grèce,

« Je parus à sa suite avec quelque noblesse ;

« Mais l'envieux Ulysse ayant juré sa mort,

« J'abritai dans la nuit mon misérable sort,

« D'un innocent ami pleurant la fin tragique.

« Insensé! je fis plus : d'une voix prophétique,

« Je revins annoncer que, rendu dans Argos,

« Ma main saurait punir l'assassin du héros.

« De là mes longs chagrins : cet exécrable Ulysse,

« Inventant des forfaits, réclama mon supplice;

« Sa voix parmi le peuple ébranla mon crédit,

« Et Calchas, pour lui plaire, à la fin me maudit....

« Mais pourquoi prolonger ce récit déplorable?

« Oui, si le nom de Grec rend un homme coupable,

« Je ne vous retiens plus, réglez mon châtiment ;

« Ulysse et Ménélas le pairont chèrement. »

Ces mots ont ranimé notre ardeur de connaître ;

Nous brûlons à l'envi d'interroger le traître,

Méconnaissant des Grecs l'insidieux esprit.

Sinon, tremblant encor, poursuivait son récit ·

« D'inutiles combats domptant leur énergie,

« Les Grecs ont dù souvent rentrer dans leur patrie.

« Ciel! pourquoi leurs retards? Les aquilons, les flots

« Entravaient à jamais l'ardeur des matelots.

« Surtout quand ce colosse eut pesé sur la terre,

« D'un ciel resplendissant descendit le tonnerre,

« Et le sage envoyé pour consulter les dieux

« Retourna de l'autel avec ces mots affreux :

« — Quand vous vintes à Troie, une vierge immolée

« Vous obtint une mer par les zéphirs enflée ;

« Que le fer se réveille, oui, pour votre retour,

« O Grecs, un Achéen doit périr en ce jour! — »

« Sitôt que cet oracle est connu du vulgaire,

« Stupides de frayeur, leur âme se resserre.

« On cherche le mortel désormais sans appui.

« Soudain paraît Ulysse et Calchas avec lui ;

« Par le devin, qu'il traîne au milieu de l'armée,

« Il veut que la victime aussitôt soit nommée ;

« Et plusieurs, consultant ses regards sur mon sort,
« Y lisaient leur secret, c'est-à-dire ma mort.

« Dix jours Calchas se tait, et, dix jours invisible,
« Il n'ose consommer ce sacrifice horrible ;
« Les cris de l'Ithacien l'intimidant enfin,
« Il parle, il me dévoue à l'autel inhumain.
« Tous furent satisfaits, tous virent, sans me plaindre,
« Retomber sur moi seul ce qu'ils cessaient de craindre.

« Déjà brillait le jour où, de fleurs couronné,
« Au devant de la mort j'allais être traîné.
« Tout-à-coup, des bourreaux trompant la vigilance,
« Je sors de mes liens, hors du camp je m'élance,
« Et, de la flotte grecque attendant le départ,
« Des buissons d'un marais je me voile à l'écart.
« Ah ! quand même Ilion m'accorderait la vie,
« C'en est fait, pour toujours j'ai perdu ma patrie.
« Mon vieux père, mes fils, objets si précieux,
« Je ne les verrai plus !... Hélas ! les malheureux !
« Ulysse saura bien les enfanter au crime ;
« Ils mourront, et le fourbe obtiendra sa victime.
« O vous, amis des Dieux qui lisent dans les cœurs,
« Amis de l'équité si méconnue ailleurs,

« Troyens, que votre accueil au malheur soit propice,
« Et du sort envers moi répare l'injustice. »

Désarmés par les pleurs dont ruissellent ses yeux,
Nous lui donnons la vie, et ses fers odieux,
A la voix de Priam, soudain tombaient à terre.
« Qui que tu sois, répond le vieillard débonnaire,
« De tes persécuteurs veuille oublier le nom,
« Et parle sans détour, nouveau fils d'Ilion.
« Dis, pourquoi ce cheval? Aux enfants d'Hellénie
« Quel homme en dessina la structure hardie?
« Est-ce une offrande sainte, ou contre nos maisons
« Ne doit-il pas un jour guider vos bataillons? »

Sinon, fait au mensonge à l'école d'Ulysse,
Tend ses mains vers les cieux, et voilant sa malice :
« Vous que l'œil du parjure est heureux d'éviter,
« Astres, s'écriait-il, j'ose vous attester !
« Glaive, autel que j'ai fui, bandelettes sacrées,
« Par la mort sur mon front vainement préparées,
« Je vous atteste aussi! De ces Grecs, que je hais,
« Puissé-je, libre enfin, révéler les secrets.
« Toi seulement, Pergame, acquitte ta promesse,
« Si je sauve tes murs des fureurs de la Grèce.

« Des fils de Danaüs, trop long-temps sur ces bords,

« Minerve protégea les belliqueux efforts.

« Mais depuis qu'une main impie et criminelle,

« Forçant les hauts remparts de notre citadelle,

« Sanglante, eut arraché, dans le sacré parvis,

« L'image de Pallas à ses gardes meurtris,

« Depuis que pour ce crime audacieux complice,

« Diomède eut prêté son bras au fer d'Ulysse,

« Les plus affreux revers suivirent leurs succès ;

« La Déesse à leurs vœux fut sourde désormais.

« Que dis-je? chez les Grecs tout signala sa haine :

« Sa statue en leur camp était placée à peine,

« Qu'on la vit, l'œil en flamme et le corps ruisselant,

« O prodige! trois fois bondir du sol tremblant,

« Et trois fois secouer ses armes redoutables.

« Aussitôt, à la fuite excitant les coupables,

« Calchas vient annoncer qu'en vain sur vos remparts

« Vos ennemis voudraient planter leurs étendards,

« Si leurs vaisseaux, partis des rives de la Grèce,

« Ne revenaient encor, guidés par la Déesse.

« Et maintenant, Troyens, vers Mycène emportés,

« Ils vont fléchir les Dieux justement irrités ;

« Mais vous verrez un jour leur flotte ramenée,

« Plus nombreuse, aborder cette plage étonnée :

« Ainsi le veut Calchas. Pour prélude au succès,

« Ce cheval doit des Grecs expier les forfaits

« Et du Palladium remplacer la statue.

« Si son front colossal semble atteindre la nue,

« C'est pour que dans vos murs il ne puisse être admis

« Et du peuple troyen protéger les parvis.

« Oui, d'après le devin, si, devant ce rivage,

« Le don offert aux Dieux éprouve quelque outrage,

« C'en est fait (sur les Grecs, ciel! détournez ces maux!),

« C'en est fait de Pergame et de tous ses héros ;

« Mais si de vos remparts vous lui livrez l'entrée,

« Dès lors de nos neveux la perte est assurée,

« Et les fils de Pélops, dans leurs champs ravagés,

« Des chaînes de l'Asie un jour seront chargés. »

Sinon s'exprime ainsi. Les larmes d'un perfide
Triomphèrent, hélas! d'une race intrépide,
D'un peuple qui dix ans retint devant les flots
Achille, Diomède et leurs mille vaisseaux.

Cependant, à nos yeux éteints par l'épouvante,
Le plus affreux spectacle aussitôt se présente.
Pontife de Neptune, au pied de ses autels,
Laocoon, paré de festons solennels,

D'un superbe taureau consacrait l'agonie ;

Tout-à-coup, s'étendant sur la mer aplanie,

Des bords de Ténédos, ciel! j'en frémis encor,

Deux dragons vers nos murs allongent leur essor.

Sur la houle azurée ils relèvent leurs têtes,

Dont le sang qui palpite enfle et rougit les crêtes,

Et leurs corps écaillés de sonores anneaux

Traînent avec fracas dans le calme des eaux.

Déjà sous leurs élans se dérobe la terre ;

Un œil ensanglanté surcharge leur paupière :

Leur triple dard sifflait, caressait leur rictus.

Nous fuyons leur passage, égarés, éperdus ;

Mais vers Laocoon, en volutes rapides,

Ruissellent de concert leurs orbes homicides :

D'abord, de ses deux fils, dans leurs replis serrés,

Ils compriment les corps lentement déchirés ;

Puis, ondoyant vers lui, l'embrassent, le meurtrissent,

En spirale noueuse autour de lui se hissent,

L'étreignent fortement, et vainqueurs de ses traits,

Sur le groupe captif se bercent satisfaits.

Dans les nombreux contours de sa vivante chaîne,

Trempé de noirs venins, il s'agite avec peine ;

D'épouvantables cris signalent ses douleurs.

Ainsi d'un fier taureau s'exhalent les clameurs,

Lorsque, la hache au front, la foule le contemple,

Bondissant avec rage et s'échappant du temple.

Vers Pallas à la fin rampent les deux dragons,
Et l'égide abritait leurs énormes sillons.

Ce prodige excitant une frayeur nouvelle,
Du prêtre de Neptune on condamne le zèle :
Sur l'auguste cheval il put lancer un trait,
Sa mort est aujourd'hui le prix de ce forfait.
Désormais dans Pergame on s'apprête à conduire
Le don qui doit sauver et venger notre empire;
Les remparts sont ouverts : bientôt sur des essieux
Pèse par chaque pied le colosse orgueilleux,
Et, traîné par un câble, il marche à nos murailles,
Avec les bataillons cachés dans ses entrailles.
O destin! à l'entour, des vierges, des enfants
Font retentir les airs de leurs hymnes touchants;
Les cordages au loin suivent leur main débile.
Enfin le quadrupède arrivait dans la ville.
O séjour que jadis habitèrent les dieux,
Cher Ilion, témoin de tant d'exploits fameux!
Quatre fois, sur le seuil de tes nobles portiques,
S'arrêta le cheval, et des bruits prophétiques
Dans ses antres de fer vibrèrent quatre fois;
Hélas! nous fûmes sourds. Vainement votre voix
Annonçait nos malheurs, vertueuse Cassandre!
Un Dieu ne voulut pas que nous pussions l'entendre;

Et le soleil couchant nous laissa pleins d'espoir
Dans les temples sacrés qu'il ne devait plus voir.

Mais, du ciel étoilé descendant en silence,
La nuit vient aussitôt, dans sa noirceur immense,
Envelopper le monde et prêter aux forfaits
L'asile protecteur de ses voiles épais.
Dans ses remparts muets Pergame ensevelie
Savourait le sommeil et l'oubli de la vie.
En ce moment, les Grecs, sortis de Ténédos,
De la plage troyenne ont sillonné les flots ;
Une torche du chef signale le navire,
Et l'astre de la nuit à leur marche conspire.
A cet aspect, Sinon, le perfide Sinon,
Conservé par les Dieux ennemis d'Ilion,   .
S'approche du cheval, et, des flancs qu'il entr'ouvre,
Il évoque les Grecs, dont le front se découvre.
Fuyant le long d'un câble, Ulysse, Sthélénus,
Tessandre, Ménélas, Acamas et Pyrrhus,
Thoas et Machaon, accompagnent à terre
Épéus, du colosse inventeur téméraire.
De la ville livrée aux charmes du repos
La mort court avec eux éveiller les créneaux :
La garde est immolée, et chaque porte ouverte
Reçoit les bataillons armés pour notre perte.

C'était l'heure paisible où le premier sommeil
Délasse les mortels des peines du réveil,
Et, messager des cieux, vient consoler le monde.
Tout-à-coup, blanchissant dans une nuit profonde,
Le fantôme d'Hector passa devant mes yeux,
Traîné comme autrefois par des coursiers fougueux,
Noirci de sang, les pieds enflés par la blessure
Que traversait encore une courroie impure.
Ah! noble infortuné, comme il ressemblait peu
A cet Hector, jadis rival d'un demi-dieu,
Cet Hector qui reçut, des mains de la victoire,
Et les armes d'Achille, et le sceau de la gloire,
Qui foudroya des Grecs les vaisseaux effrayés;
O douleur! d'un sang noir ses cheveux sont noyés ;
Sa barbe hérissée arrive à sa poitrine,
Où du glaive ennemi le sillon se dessine.
Et moi, qu'avaient ému les malheurs du héros,
Je crus, les yeux en pleurs, lui parler en ces mots :
« O gloire des Troyens! ô leur appui fidèle!
« Quel sort t'a ramené de la nuit éternelle?
« Pourquoi ce long séjour dans une autre univers?
« Devions-nous te revoir après tant de revers?
« Où vas-tu? Mais quelle ombre attriste ton visage,
« Et quel glaive à ton corps imprima son outrage? »
Le héros, sans répondre à ce vague discours,
Par un profond soupir en interrompt le cours :

« Fils de Vénus, dit-il, fuis du sein de la flamme ;

« Fuis ! le Grec en fureur triomphe dans Pergame.

« La royale cité va crouler, et la mort

« Redemande le sceptre au vieux père d'Hector.

« Si Pergame au tombeau n'avait pas dû descendre,

« Peut-être eussé-je été digne de la défendre.

« A tes soins maintenant nos Dieux sont confiés ;

« Qu'à tes nobles destins ils soient associés.

« Vainqueurs de l'infortune et du courroux de l'onde,

« Un sceptre vous attend aux limites du monde. »

Il dit, et m'apportait, du milieu des autels,

Vesta, ses bandeaux saints et ses feux éternels.

Mais le trouble envahit la cité désolée.

Quoique notre maison, de grands arbres voilée,

S'élevât à l'écart, déjà, de plus en plus,

L'accent de la mêlée y parvient moins confus.

Réveillé tout d'un coup, des toits j'atteins le faîte,

Et long-temps je présente une oreille inquiète :

Tel, quand sur les épis par l'aquilon froissés,

D'un feu dévastateur les torrents sont poussés,

Ou lorsque, s'échappant des gorges des collines

L'orage devant lui refoule des ruines,

Attriste les moissons, déracine les bois

Et promène au lointain sa menaçante voix,

De la cime d'un roc, soucieuse statue,
Le pâtre incline alors son oreille et sa vue.

Plus de doute : les Grecs règnent dans Ilion.
La flamme à Déiphobe unit Ucalégon ;
Leurs palais ne sont plus. De cent feux ravagée,
Ilion se reflète aux ondes de Sygée ;
Des guerriers, du clairon le bruit provocateur
M'a désigné l'arène ouverte à ma fureur :
Où courir? Je voudrais dans notre citadelle
Rassembler une troupe, y combattre avec elle ;
Le désespoir m'invite à ce noble dessein :
Il est beau de tomber les armes à la main.

Mais voilà que, des Grecs évitant la poursuite,
Le prêtre d'Apollon, Panthée a pris la fuite ;
La frayeur vers la mer précipite ses pas ;
Ses Dieux lares vaincus s'attachent à son bras ;
Son petit-fils le suit. « Pontife vénérable,
« Eh quoi! le ciel pour nous est-il inexorable?
« Nos remparts sont forcés, combattons dans nos tours! »

« Énée, il est venu le dernier de nos jours,

« Dit-il en soupirant : cette heure lamentable

« Attendait Ilion, innocent ou coupable.

« C'en est fait des Troyens, de leur nom glorieux !

« Jupiter inflexible aux Grecs livre nos Dieux ;

« La royale cité se prosterne enflammée,

« Et leur cheval béant vomit toute une armée.

« Sinon d'un rire affreux outrage notre erreur.

« Plus nombreux que jamais, le farouche vainqueur

« Occupe chaque porte, assiége chaque voie :

« Un glaive étincelant semble dévorer Troie,

« Et, touchés dans la nuit par ce fer redouté,

« Nos premiers défenseurs à peine ont résisté. »

Il dit, et ce discours a redoublé ma rage :

Inspiré par le ciel, je me fraie un passage

Entre le fer, les feux, le tumulte, les cris.

Dymas, Riphée, Iphite et l'ardent Hypanis

Aux lueurs de la lune à mes yeux apparaissent,

Et, l'épée à la main, à mes côtés se pressent.

Corèbe les imite : hélas ! l'infortuné,

Par l'amour de Cassandre à Pergame entraîné,

Vint offrir, depuis peu, des champs de Mygdonie,

Un gendre au roi Priam, un brave à la Phrygie ;

Que n'a-t-il d'une amante écouté la frayeur !

Quand j'eus vu près de moi leur belliqueuse ardeu'

« Jeunes gens, m'écriai-je, en vain votre courage

« De la destruction pense arrêter l'ouvrage :

« Ne vous abusez point, nos destins sont remplis.

« Arrachés des splendeurs de leurs temples chéris,

« Ils sont tombés, les Dieux soutiens de notre empire.

« Si la mort est pour vous un fortuné délire,

« Suivez mes pas; les Grecs vont nous la faire voir :

« L'honneur de la défaite est dans le désespoir. »

Ces mots soufflent en eux la fureur de combattre.

Ainsi des loups brigands, de leur caveau noirâtre,

Bondissent, dans la nuit, ravisseurs du butin

Qu'implorent leur famille et leur aveugle faim :

Assuré de la mort, chacun de nous l'appelle,

Et l'ennemi nous voit courir à côté d'elle.

Ah! qui de cette nuit décrirait les malheurs?

Qui les exprimerait par la voix ou les pleurs?

Il fut une cité, royaume séculaire,

Et là, dans ce moment, sur un char funéraire,

Le sort passe, il opprime, et, par sa main poussés,

Aux temples, en tous lieux, les morts gisent glacés.

Le Troyen n'est pas seul le jouet de sa rage.

Aux vaincus quelquefois le sort rend le courage ;

Les Grecs tombent alors : ainsi, de tous côtés,

S'offrent la mort, le deuil, aux yeux épouvantés.

D'une phalange entière appuyant son audace,

Androgée est le Grec qui d'abord nous menace ;

Mais, trompé par la nuit, il nous croit ses amis :

« Pourquoi donc vos retards et ce pas indécis?

« Hâtez-vous, compagnons! Bientôt Pergame est prise....

« Et vous n'arriveriez que pour la voir conquise! »

Il dit : nous répondons, mais nos vagues discours

Ont fait comprendre au Grec le péril de ses jours.

Comme dans un sentier, entravé par la ronce,

Quand un pied voyageur imprudemment s'enfonce,

S'il se dresse un serpent sifflant et furieux,

L'homme tremble, recule et détourne les yeux ;

Tel fuyait Androgée en proie à l'épouvante.

Sur lui, sur ses soldats, d'une arme flamboyante

Nous plongeons la longueur : ils tombent devant nous,

Saisis et sans savoir d'où leur viennent nos coups.

Ce succès de Corèbe a réveillé la joie :

« Amis, c'est le salut que le sort nous envoie :

« Achevons son ouvrage, et de nos ennemis

« Qu'aussitôt à nos bras les boucliers soient mis.

« Ruse ou valeur, tout sert au milieu des alarmes :

« Les Grecs contre les Grecs nous fourniront des armes. »

Il dit, et d'Androgée il prend le bouclier,

Il ceint son glaive et court sous son casque guerrier.

Dymas, qui l'imitait, est suivi par Riphée ;

Chacun s'arme à l'envi de son dernier trophée.

Mêlés parmi les Grecs, en dépit de leurs Dieux,

Nous combattons dans l'ombre et le sort est contre eux ;

Le Styx reçoit leur foule éplorée et sanglante.

Ceux que n'a pas atteints l'épée étincelante

Courent dans leurs vaisseaux, ou, honteux de leur peur,

Dans l'énorme cheval vont cacher leur pâleur.

Mais qui peut espérer, quand le sort est contraire ?

Tout-à-coup devant nous une main sanguinaire

Parut traînant Cassandre au front échevelé,

Pâle et qui tourne au ciel son regard désolé,

Son regard.... (des liens chargeaient son bras débile !)

Ses bourreaux de Pallas ont violé l'asile.

Corèbe, à cet aspect, de fureur transporté,

Dans le groupe ennemi pour mourir s'est jeté,

Nous le suivons : chacun à le venger s'empresse.

Mais, ô malheur! pareils aux soldats de la Grèce,

Nous sommes méconnus par nos concitoyens :

Les défenseurs de Troie immolent des Troyens.

Du temple de Pallas la mort sur nous s'élance.

Pour ressaisir Cassandre et combler leur vengeance

Les Grecs à flots pressés fondent alors sur nous ;

Alors il faut d'Ajax essuyer le courroux,

Repousser, soutenir le choc des deux Atrides,

Et du Dolope affreux les bandes homicides :

Tels, dans les champs de l'air, les vents, bruyants rivaux,

Engagent en sifflant leurs mugissants assauts ;

Le nuage est froissé, la forêt palpitante,

Et la mer vers le ciel se relève écumante.

L'Achéen, qui tantôt, dans la profonde nuit,

Avait fui devant nous, vers nous est reconduit.

De nos armes chacun reconnaît l'artifice,

Et notre voix surtout trahit notre malice.

Nous sommes accablés : Corèbe des premiers

Succombe sous Pénèle à l'autel des guerriers ;

Riphée, homme de bien, Troyen le plus austère,

Par ses Dieux délaissé, meurt en mordant la terre ;

Mes yeux ont vu Dymas rouler près d'Hypanis,

Victimes, ô destin! des traits de leurs amis ;

Et vous, digne Panthée, en vain vous fûtes juste ;
Je vis tomber aussi votre tiare auguste.
Ah ! cendres d'Ilion, Troyens morts près de moi,
Si je ne péris point dans ce combat d'effroi,
Je le jure ! le sort protégea ma vaillance ;
Mais j'attendais de lui tout autre récompense.

Par Ulysse blessé, loin de là, Pélias
Et le héros Iphite accompagnent mes pas.
Tout-à-coup chez Priam un grand bruit nous appelle :
Là régnait une lutte.... ah ! quelle était cruelle !
On eût dit, à l'ardeur de ce combat affreux,
Qu'en ce lieu seulement tombaient des malheureux.
L'impitoyable Mars entraînant leurs cohortes,
Couverts du bouclier, les Grecs marchent aux portes.
Ceux-ci sur une échelle abordent le palais ;
Ils montent ; leur bras gauche a repoussé les traits ;
Leur main droite saisit le front de l'édifice.
Voyant à leurs souhaits la mort seule propice,
Dans ce moment suprême, aux soldats ennemis,
Les Troyens de leurs tours ont lancé les débris.
Aux antiques plafonds la poutre est arrachée ;
Elle atteint et meurtrit, sous l'or encor cachée.
Sur le seuil du palais, d'autres, le glaive en main,
Se pressent et des Grecs entravent le chemin.

Je veux les secourir, retarder leur défaite,
Ou du moins à mon roi faire un don de ma tête.

Une porte s'ouvrait au fond d'un noir parvis,
Au palais de Priam joignant ceux de ses fils.
C'est par là que souvent, aux jours de leur puissance,
Andromaque au vieux roi signalait sa présence,
Et, libre de sa cour, du jeune Astyanax
Vers ses aïeuls aimés guidait les premiers pas.
J'y cours, et du palais j'atteins bientôt le faîte :
Là, mes tristes amis disputaient leur défaite ;
Près d'eux, de l'ennemi défiant les assauts,
Une tour dans le ciel élevait ses créneaux ;
Elle regarde Troie, à ses pieds étendue,
Et cent fois sur les Grecs dirigea notre vue,
Depuis que leur armée a campé sur nos bords.
Pour ébranler son front nous joignons nos efforts ;
Le fer aide nos bras ; par lui déracinées,
Les poutres en dehors s'avancent inclinées ;
Elles roulent ; un bruit, accompagné de cris,
Nous apprend que des Grecs meurent sous ces débris.
Vain succès : si l'un meurt, un autre le remplace,
Et la lutte renaît à côté de l'audace.

L'homicide Pyrrhus, étincelant d'airain,
Fixe sur le portique une sanglante main.
Tel, gonflé de poisons, à l'aube printanière,
Un reptile pervers sort du sein de la terre;
Libre de sa dépouille, il éblouit les yeux,
Il se roule, relève un poitrail orgueilleux,
S'agite vers le jour dont l'éclat le ranime,
Et ses dards s'aiguisant prophétisent le crime.
Périphas suit Pyrrhus, secondé du héros,
Qui d'Achille au combat guidait les fiers chevaux.
Près d'eux est de Scyros la jeunesse intrépide :
De leurs mains jusqu'aux toits s'élève un feu rapide.
Leur chef saisit la hache, et, de ses deux tranchants,
De la porte qui tremble il entame les flancs :
Les gonds en ont crié; l'airain qui la recouvre
Vole en éclats, le chêne et se creuse et s'entr'ouvre.
Alors à l'œil des Grecs, dans un lointain sacré,
Apparut de nos rois l'asile révéré;
Ils en ont contemplé la pompeuse étendue,
Mais bientôt nos soldats y réclamaient leur vue.

Dieux! quel tumulte affreux, quels lugubres accents
Annoncent du palais les plaintifs habitants!
Loin du glaive ennemi par la frayeur chassées,
Des femmes jusqu'au ciel les clameurs sont poussées :

Gémissant au hasard sous ces vastes lambris,
Elles fixent sur eux des regards attendris,
Et leurs baisers sans fin palpitent sur les portes.
Le fils d'Achille insiste au front de ses cohortes ;
Barrières et soldats, par lui tout est brisé.
Cent fois sous le bélier le chêne est écrasé,
Et, soulevé des gonds, avec bruit roule à terre.
La force s'ouvre alors sa route meurtrière ;
Elle court, elle immole, et, sur les corps sanglants,
De farouches soldats promène les torrents :
Moins furieux, le fleuve, après un long orage,
Brise et chasse sa digue en un champ qu'il ravage,
Renversant, entraînant l'étable et les troupeaux.
Je l'ai vu, ce Pyrrhus, dans ses cruels assauts ;
J'ai vu dans le palais entrer les fiers Atrides,
Près d'Hécube gémir cent princesses timides,
Priam ensanglanter les autels révérés
A des Dieux impuissants par sa main consacrés.
Tout succombe : l'espoir d'une race immortelle
Croule avec le palais qui rayonnait sur elle ;
Ses antiques splendeurs s'abîment dans la nuit :
Ce que laisse le feu, la Grèce le poursuit.

Peut-être voudrez-vous, de nos maux attendrie,
Voir Priam épuiser l'infortune et la vie.

Dès qu'il sentit le Grec possesseur d'Ilion,
Et la flamme abordant sa royale maison,
Le vieillard, étranger aux assauts de l'audace,
Revêt son faible corps d'une lourde cuirasse,
Prend un glaive inutile, et, d'un suprême effort,
Dans les rangs ennemis veut conquérir la mort.

Au centre du palais, sous la voûte azurée,
S'élevait d'un autel la majesté sacrée,
Et, planté sur sa base, un laurier des vieux temps
Des pénates royaux couvrait les fronts riants ;
Là, colombes que chasse une noire tempête,
De ses filles Hécube a guidé la retraite :
Dans leurs bras suppliants elles pressaient leurs Dieux.
A l'aspect du vieillard follement belliqueux :
« Malheureux ! dit la reine, ah ! quel vœu téméraire
« Arma tes mains ? Où tend cette audace guerrière ?
« Penses-tu qu'Ilion réclame tes secours ?
« Quand même mon Hector combattrait pour nos jours,
« C'en est fait ! reste donc : l'autel qui nous rassemble
« Nous protégera tous, ou nous mourrons ensemble. »
Elle dit, et sa main, dans l'asile sacré,
Arrête le vieillard près du groupe éploré.

Cependant, de Pyrrhus trompant la barbarie,

Polite erre suivi de sa lance en furie :

Fils aimé de Priam, c'est son dernier trésor.

Pyrrhus pour le saisir a redoublé d'effort ;

Son haleine, son fer incessamment l'effleure.

Mais lorsque, dans le fond de l'auguste demeure,

Aux auteurs de ses jours s'offre le malheureux,

Il tombe ensanglanté, la nuit couvre ses yeux.

Le vieillard orphelin, pour succomber lui-même,

Se dresse, et sa douleur lance cet anathême :

« O toi!... pour ce forfait, pour cet excès d'horreur,

« S'il est encore un Dieu, qu'il soit le Dieu vengeur !

« Puisse-t-il dignement acquitter ton salaire !

« Tu viens de massacrer le fils devant son père,

« De ses derniers moments tu m'as rendu témoin ;

« Va, barbare, le ciel te paîra d'un tel soin.

« Celui dont tu prétends avoir reçu la vie,

« Ne fut pas tel pour moi dans une heure ennemie ;

« Achille fut touché du malheur suppliant,

« Me rendit mon Hector, me renvoya vivant. »

Il dit, et pousse un trait faible et dont le murmure

Expire, secoué par la puissante armure.

Pyrrhus lui crie : « Eh bien! vieillard, pars aujourd'hui ;

« Va rejoindre mon père et va te plaindre à lui ;

« Tu diras mes fureurs et ses goûts pacifiques :

« Maintenant, meurs! » Soudain, aux autels domestiques,

Dans le sang de son fils il le traîne tremblant,

Saisit ses blancs cheveux, lève un glaive éclatant,

Et de son flanc percé fait rejaillir la vie.

De ce grand potentat telle fut l'agonie :

A son regard suprême, ô sort le plus affreux !

S'offraient un fils mourant, du sang, des pleurs, des feux.

Ce roi, qui de l'Asie avait reçu l'hommage,

Désormais est un corps oublié sur la plage,

Un cadavre sans tête et qui n'a plus de nom.

Pour la première fois, un horrible frisson

Me glaça de frayeur : je crus voir mon vieux père,

A l'aspect de Priam couché dans la poussière.

Ma Créuse plaintive, Iule jeune fils,

Et mon palais sans garde attristent mes esprits.

Je me retourne : hélas! fatigués de combattre,

Mes amis sont tombés sur ce sanglant théâtre :

De la cime des tours ceux-ci se sont lancés,

Et la flamme a déjà consumé les blessés.

Resté seul, je m'éloigne : errant dans l'incendie,

Aux autels de Vesta je vis notre ennemie,

Hélène, qui cachait sa face et sa frayeur :

Du Troyen, sa victime, elle craint la fureur,

De son époux, des Grecs redoute la vengeance,

Et, fléau des deux camps, elle fuit leur présence.

Malgré l'asile saint qu'elle embrasse à genoux,

J'ai senti que sa vue enflammait mon courroux :

Ma main veut se baigner au sang de cette femme,

Immoler l'adultère aux mânes de Pergame.

« Quoi! disais-je, à son crime obtenant le pardon,

« Celle-ci sortira du bûcher d'Ilion :

« Sparte la recevra sous l'arche triomphale;

« Ses aïeuls, ses enfants, sa couche nuptiale,

« Tout renaîtra pour elle; et nos Troyens captifs

« Marcheront à sa suite, humiliés, plaintifs?

« Priam aura péri; dans ce brûlant orage,

« Troie aura disparu de son sanglant rivage;

« Et celle-ci vivrait? Non!... S'il n'est point d'honneur

« A punir une femme, à lui percer le cœur,

« Si le héros doit fuir une telle victoire,

« Ici ce n'est qu'un monstre, et j'aurai quelque gloire.

« La vengeance d'ailleurs a des charmes secrets,

« Et les mânes troyens dormiront satisfaits. »

C'est ainsi qu'à frapper j'excitais ma colère.

Soudain, s'environnant d'une vive lumière,

Ma mère m'apparut; je la vis dans la nuit

Telle que dans l'Olympe où la splendeur la suit.

Puis, retenant mon bras, de sa bouche divine,
Elle disait . « Mon fils, quel courroux te domine?
« Pourquoi cette fureur? As-tu donc oublié
« Anchise, ce vieillard, et ta douce moitié?
« Ascagne n'est-il plus les amours de son père?
« Ah! songe que des Grecs le glaive les resserre;
« Songe qu'en ce moment, sans l'appui de Vénus,
« Ces objets bien-aimés, hélas! ne seraient plus.
« Enée, oui, désormais n'accuse plus Hélène,
« Et que Pâris lui-même expire dans ta haine :
« L'inclémence des Dieux seule a causé vos maux.
« Regarde (à l'œil mortel j'ôterai ses bandeaux,
« Mais à mes volontés sois ensuite docile)
« Vois ces rochers épars qui remplacent la ville,
« Ces torrents de fumée à la poussière unis;
« Là Neptune en fureur enfante des débris;
« Son trident de la terre ébranle les abîmes,
« Et sa main sous vos murs écrase des victimes.
« A la porte de Scée aperçois-tu Junon?
« Son fer désigne aux Grecs les restes d'Ilion.
« Ce nuage arrêté devant la citadelle
« Renferme avec Pallas son égide cruelle.
« Lui-même, encourageant, guidant vos ennemis,
« Jupiter aime à voir vos destins accomplis.
« Fuis donc, ne poursuis plus une vaine défense,
« Rejoins ton père, et va, certain de ma présence. »

Elle dit, et dans l'ombre elle avait disparu.

Des Dieux alors par moi le front fut aperçu ;

Je les vis s'avançant, cruels, inexorables,

Consumer d'Ilion les lambeaux déplorables,

Et Neptune engloutir l'ouvrage de sa main.

Ainsi, sur la montagne un antique sapin,

Sous les coups palpitants de la hache éclatante,

De nombreux bûcherons semble braver l'attente ;

Immobile d'abord, d'un sommet menaçant

Il balance plus tard son feuillage tremblant ;

Enfin, géant des bois, vaincu par sa blessure,

Il tombe, et les vallons poussent un long murmure.

J'obéis à Vénus, et jusqu'à mon palais

S'écartaient devant moi les flammes et les traits.

Enfin je les revois ces demeures antiques,

Séjour de mes aïeux, de mes dieux domestiques.

Anchise, que surtout j'étais venu chercher,

Et qu'au sommet voisin je désirais cacher,

Ne veut point s'éloigner de Troie anéantie ;

Il repousse l'exil. « Vous, jeunesse hardie,

« Fuyez, dit-il ; votre âge excuse un tel projet.

« Si le ciel de ma mort n'eût porté le décret,

« Il m'aurait conservé les lieux qui m'ont vu naître.

« Deux fois de mon pays l'étranger fut le maître,

« Il suffit d'avoir vu son triomphe une fois.

« Fuyez donc et laissez Anchise sous ces toits.

« Je saurai m'affranchir d'une odieuse vie,

« Si l'avare Achéen ne me l'a point ravie.

« Eh! qu'importe l'endroit où repose mon corps!

« J'ai fait pour plaire aux Dieux d'inutiles efforts,

« Depuis que leur monarque allumant son tonnerre,

« En souffla sur mon front la néfaste lumière. »

Ainsi s'exprime Anchise, au trépas résolu.

Par nos larmes en vain son cœur est combattu :

Mon épouse, mon fils, ma maison gémissante,

Le pressent avec moi de remplir mon attente,

De fuir, de nous sauver de la rigueur du sort ;

Il refuse, et son vœu c'est encore la mort.

Alors le désespoir vers les Grecs me rappelle :

Désormais à mes yeux la mort n'est plus cruelle ;

N'était-ce pas le terme et l'oubli du malheur?

« Ah! mon père, ai-je dit, quel outrage à mon cœur!

« Quoi! vous pensiez qu'Énée aurait fui ce qu'il aime?

« Qu'il partirait sans vous? Quel étrange blasphème!

« Dans l'immense Ilion, oui, si tout doit plier,

« Et s'il vous plaît enfin de nous sacrifier,

« Vous allez bientôt voir Pyrrhus à cette porte ;

« Il ne tardera pas, avec sa noire escorte,

« L'assassin de Priam, qui l'immole à l'autel,

« Et livre sous ses yeux son fils au coup mortel.

« Et c'était pour cela, bienveillante Déesse,

« Que vous m'avez sauvé des fureurs de la Grèce ?

« Était-ce pour m'offrir, sous ces toits saccagés,

« Mon épouse, mon fils, mon vieux père égorgés ?

« Des armes, compagnons ! le trépas nous rappelle ;

« Allons avec les Grecs finir notre querelle,

« Et, vengés, expirons dans le sang ennemi. »

De mes armes soudain je m'étais ressaisi ;

Mais, quand je veux partir, mon épouse éperdue,

Prosternée à mes pieds, offre Iule à ma vue,

Iule, cher enfant qui venait m'embrasser.

« Tu vas mourir, dit-elle, et tu peux nous laisser !

« Si le ciel doit encor seconder ta vaillance,

« Avant tout, de ces lieux assure la défense :

« Oui, n'abandonne pas ton vieux père, ton fils,

« Et moi, que tu nommais ta Créuse jadis. »

Ainsi de ses clameurs ma demeure s'afflige.

Mais soudain à nos yeux éclatait un prodige :

Sur la tête d'Iule arrosé de nos pleurs,

D'une flamme céleste ont plané les lueurs;

Caressante, on la voit ceindre sa chevelure :

Elle semble y chercher, y trouver sa pâture.

La frayeur nous saisit : sur ses cheveux brûlants,

L'eau glisse de nos mains en flots resplendissants.

Mais mon père joyeux tourne au ciel son visage :

« Grand Jupiter, dit-il, confirme ce présage,

« Et si la piété peut fléchir ton courroux,

« Ecoute ma prière, et marche devant nous. »

Le vieillard avait dit : d'un éclatant tonnerre

Le bruit s'éveille à gauche, et, faisceau de lumière,

Une étoile glissait de la voûte des cieux :

D'abord sur ma demeure ont tournoyé ses feux;

Puis l'Ida la reçoit dans sa forêt déserte,

Nous désignant la route à nos destins ouverte,

Et promenant dans l'ombre un sulfureux sillon.

Mon père, à cette vue, éprouve un doux frisson;

Il cède, il lève au ciel ses yeux et sa prière.

« Partons! dit-il, suivons l'astre qui nous éclaire;

« Et, propices enfin, vous, Dieux de mes aïeux,

« Gardez mon petit-fils pour des temps plus heureux.

« Ce signe vient de vous : Ilion doit revivre.

« Énée, oui, désormais je consens à te suivre. »

Il dit : plus près de nous, dans les airs échauffés,
Le feu brille, mugit, roule à flots étouffés.

« Mon père, dis-je alors, une faveur encore :

« Il est doux de porter l'objet que l'on adore ;

« Venez vers mon épaule, et, quel que soit mon sort,

« Partagez avec moi le salut ou la mort.

« Que, derrière mon fils, mon épouse me suive.

« Vous, serviteurs, ouvrez une oreille attentive :

« Au sortir de la ville, un temple de Cérès

« Apparaît solitaire auprès d'un vieux cyprès,

« Arbre que dès long-temps protégea notre hommage.

« Là, par divers sentiers, frayons-nous un passage.

« Vous, Anchise, portez nos pénates chéris :

« Pour moi, saignant encor du sang des ennemis,

« Je ne puis y toucher à moins qu'une eau limpide

« N'ait déjà de mes mains effacé l'homicide. »

Je dis, et, recouvert de la peau d'un lion,
Je m'incline, et mon père aborde sa toison.
De ma tremblante main dirigeant mon Ascagne,
Je m'avance au devant de ma douce compagne.
Aux sentiers les plus noirs nous allons nous plonger.
Et moi, si fier naguère au milieu du danger,
Moi qui des Grecs unis défiais la vengeance,
Tout m'effraie à présent, le bruit et le silence :

Je crains pour mon fardeau, pour Créuse et mon fils.

Jusqu'aux portes déjà j'ai fui nos ennemis.
Soudain derrière nous une bande homicide
Des pieds frappait le sol dans son élan rapide.
Mon père se retourne : « Ah! dit-il, hâtons-nous!
« Ils approchent; je vois leur glaive et leur courroux. »
Alors de la raison l'effroi m'ôta l'usage :
En des lieux écartés s'égare mon passage,
Et tandis que je cours loin des sentiers connus,
Créuse disparaît, et ne reparut plus.
Un dieu nous avait-il éclipsés à sa vue?
Sous la fatigue enfin fléchit-elle abattue?
Ce ne fut qu'arrivés au temple de Cérès
Que seule je la vis manquer à nos souhaits.
Ah! que notre douleur fut vive et lamentable!
Et la terre, et le ciel, tout me semblait coupable.
Troie en cendres pour moi n'eut rien de plus affreux.

Abrités dans les flancs d'un vallon ténébreux,
Aux amis que m'a joints la fortune contraire,
J'ai confié mes Dieux, mon Ascagne et mon père.
Je m'arme de nouveau; je reviens sur mes pas,
Résolu de tenter les plus affreux combats,

De braver cent périls dans ma pitié jalouse,

Et de ravir aux Grecs ma vie et mon épouse.

Bientôt j'atteins le seuil que nous avions franchi :

Protégé par la nuit, de là, d'un pas hardi,

Je rentre dans nos murs, interrogeant ma trace.

Le silence d'abord me répond et me glace.

Je cours à mon palais : peut-être un Dieu sauveur

Aurait pu de Créuse y guider la frayeur.

Vain espoir ! Par les Grecs ma demeure envahie

Voit sur l'aile des vents ondoyer l'incendie ;

La flamme la dépasse et l'entoure avec bruit.

Chez Priam aussitôt ma douleur me conduit.

J'osai même aborder la haute citadelle :

Au temple de Junon, farouche sentinelle,

Ulysse avec Phœnix y gardait le butin.

Là, je vis nos trésors sous leur avare main,

Des cratères en or, des dépouilles choisies,

Et les tables des dieux à nos temples ravies.

Des femmes, des enfants qu'a dédaignés la mort,

Attendent à l'entour la sentence du sort.

O malheur ! dans les rangs d'un peuple mercenaire,

Mes regards de mon fils redemandent la mère,

Et partout dans nos murs a retenti son nom.

Mais, tandis que sans fin j'errais dans Ilion,

Un fantôme à mes yeux monte de la nuit sombre :

C'est Créuse elle-même, ou du moins c'est son ombre ;

Les Dieux ont de sa taille accru la majesté.

La stupeur me saisit : sur mon front attristé

Surgissent mes cheveux, et ma voix s'est éteinte.

Créuse, combattant mes ennuis et ma crainte :

« Cher époux, me dit-elle, où tendent ces douleurs?

« L'homme des immortels doit subir les rigueurs ;

« Ils ne m'ont point donné de quitter ce rivage.

« Pour toi, l'exil t'appelle : après un long voyage,

« Aux bords de l'Hespérie arrêtant tes vaisseaux,

« Du Tibre dans tes champs tu recevras les eaux ;

« Là tu seras heureux : la couche nuptiale

« S'embellira pour toi d'une épouse royale ;

« Ne pleure plus Créuse : un superbe vainqueur

« Ne doit pas à son char attacher mon honneur.

« Troyenne et de Vénus fille toujours aimée,

« Ce n'est pas pour servir que les Dieux m'ont formée :

« Mais Cybèle en ces lieux me retient sous sa loi.

« Adieu! chéris l'enfant que tu reçus de moi. »

Elle dit, et les pleurs inondaient ma paupière.

En vain à son départ ma tendresse est contraire,

En vain je veux répondre, ou du moins l'embrasser ;

Trois fois elle me fuit ; je la vois s'effacer,

Prompte comme le vent, comme un songe qui passe.

Bientôt la nuit au jour allait céder la place :
Je rejoins mes amis ; des compagnons nombreux
A mes yeux étonnés s'offrent au milieu d'eux.
Réunis pour l'exil, ils ont, du grand naufrage,
Sauvé quelques trésors et surtout leur courage,
Et, bravant avec moi l'infortune et les mers,
Ils sont prêts à me suivre au bout de l'univers.

Mais l'étoile du jour sur l'Ida vient de naître :
Plus d'espoir ; d'Ilion l'Achéen était maître.
Je m'éloigne à jamais, et sur le mont voisin
Je dépose mon père et mon nouveau destin.

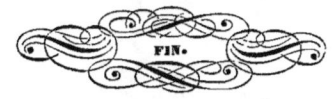

POST - SCRIPTUM

AUX

Sérénissimes Lunaires.

Post-Scriptum aux Sérénissimes Lunaires.

J'apprends qu'il s'est trouvé, là-haut, des lecteurs méticuleux qui ont cru voir, dans cet ouvrage, un crime prévu par le code pénal littéraire, c'est-à-dire rien de moins qu'une monstruosité, une satire et des chants épiques sous la même enveloppe !

Pour plusieurs d'entre vous, je suis loin, en outre, d'avoir commis une peccadille, en ne pas admirant exclusivement M. le vicomte Victor Hugo, qui n'admire que trois êtres dans la création, Molière, Shakespeare... et lui !!

Il est advenu aussi que les traductions de Delille et de Barthélemy ont été rencontrées ici-bas par les télescopes lunaires; et alors que n'avez-vous pas clamé après moi? Maigreur de rimes, latinismes dans les tournures; quelques hémistiches, sinon volés, du moins transfuges; que sais-je encore? Vous ne m'avez nullement tenu compte d'avoir traduit après les autres, et de reproduire, d'une manière assez concise, une chose redite déjà.

Eh bien! je vous le déclare, si c'est là le dernier mot de votre courtoisie, je n'en serai ni trop ni peu fâché; c'est-à-dire, que je me vengerai en vous envoyant, un beau matin, mon Enéide tout entière. En attendant, je vous adresse, par le courrier de ce jour, le premier livre du poème; ne fût-ce que pour fournir à quelque bel-esprit l'occasion de s'écrier :—Eh quoi! le premier livre après le second!!

ÉNÉIDE.

—

LIVRE PREMIER.

ÉNÉIDE.

___

LIVRE PREMIER.

—

Arrivée des Troyens à Carthage.

—

Moi, dont l'humble forêt connut les premiers chants,
Qui, sorti de son ombre, osai forcer les champs
A dorer le sillon de l'avide charrue,
OEuvre où le laboureur daigna tourner sa vue;
Des pavillons de Mars désormais citoyen,
Je chante ses fureurs, et ce noble Troyen,
Qui, ravi par le sort au ciel de sa patrie,
Descendit, le premier, sur la riche Hespérie.
Secondant de Junon le courroux éternel,
Un Dieu put se liguer contre un pieux mortel,

Le chasser sur la mer, le bannir de la terre.
Enfin, dans les labeurs d'une sanglante guerre,
Le héros éleva, sur les foyers latins,
L'asile de ses Dieux, l'avenir des Romains.

Témoin de ces revers, Muse, daignez me dire
Pourquoi la piété se vit ainsi maudire,
Et quel crime irritait la puissante Junon :
Les Dieux ont-ils le cœur ennemi du pardon !

De nobles Tyriens renaissante patrie,
Carthage dès long-temps, vers les bords d'Ausonie,
Tourne, au delà des mers, ses envieux regards.
Là, règne avec Junon le redoutable Mars ;
De Samos et du monde exilant sa tendresse,
Ses armes et son char y suivent la déesse ;
Elle voudrait, contraire à de jaloux destins,
A la cité qu'elle aime asservir les humains.
Cependant une crainte a pénétré son ame :
Un jour (elle le sait !) les vaincus de Pergame
Renverseront Carthage, et, rois de l'univers,
A l'Afrique domptée apporteront des fers :
Les Parques l'ont voulu ; Junon seule est rebelle.
Elle connaît le prix de la lutte cruelle

Qu'en faveur de ses Grecs soutint sa Déité.

D'autres ressentiments son cœur est attristé :

Elle y sent palpiter, odieuse mémoire!

Cet arrêt de Pâris si fatal à sa gloire,

Sa beauté méprisée, et Ganymède enfin,

Au ciel, pour la braver, se frayant un chemin.

Ce souvenir en elle éternise un supplice ;

Aussi la vaste mer, de sa haine complice,

Voit, loin du Latium à leurs destins promis,

De l'empire troyen s'épuiser les débris :

Leur infortune aux Grecs assure leur victime,

Et le berceau·de Rome errait sur un abîme!

Loin des champs de Sicile, à peine les Troyens,

Joyeux, berçaient leur proue aux flots italiens,

Quand Junon, dont la haine éveille la blessure,

Les regarde, et se dit : « Faudra-t-il, race impure,

« Accepter ta victoire? Abdiquant mes projets,

« Verrai-je, dans le Tibre, un prince que je hais?

« Le sort est contre moi! Pallas.... cette Déesse...!

« Incendia pourtant les vaisseaux de la Grèce;

« Le seul fils d'Oïlée animant son courroux,

« De la foudre sur eux elle appela les coups;

« Elle les dispersa dans l'onde mugissante;

« D'Ajax qui vomissait la flamme dévorante,

« Elle planta le corps aux serres d'un rocher;

« Et moi, que devant tous l'Olympe voit marcher,

« Sœur, épouse du Dieu qui commande au tonnerre,

« Si long-temps, contre un peuple aurais-je fait la guerre?

« Quel mortel voudra-t-il me vouer son encens,

« Quand je n'ai, comme lui, que des vœux impuissants? »

Docile à ce courroux, la céleste furie

Marche aux lieux où les vents fécondent l'Éolie:

Éole en sa caverne, invincible prison,

Des bruyants ouragans enchaîne le frisson.

C'est en vain qu'indignés du joug qui les opprime,

Des monts voûtés sur eux ils ébranlent la cime:

Assis sur une roche, et le sceptre à la main,

Leur chef sait les calmer, les rappeler au frein.

Sans cela, de la terre avec l'eau confondue,

Leur fureur de l'Olympe eût semé l'étendue:

Aussi sont-ils plongés dans des antres profonds;

Ils mugissent couverts de gigantesques monts.

Que Jupiter commande. . . . ! à sa voix souveraine,

Éole quittera, resserrera leur chaîne.

L'orgueilleuse Junon le supplie en ces mots:

« O toi qui peux calmer ou soulever les flots,

« A l'épouse du Dieu dont tu tiens la puissance

« Accorde une faveur : défiant ma vengeance,

« Un peuple qui me hait, le vaincu Phrygien,

« Veut asseoir son foyer au bord Ausonien :

« Donne aux vents ma fureur, que la mer les dévore !

« De quatorze beautés dont ma cour se décore,

« La plus jeune, Déiope aux ravissants attraits,

« Long-temps par son amour te paîra tes bienfaits :

« Junon te la dédie ; elle saura te plaire,

« Et ses fils gracieux te nommeront leur père. »

Éole lui répond : « C'est à moi d'obéir,

« Reine ! à vous, d'exprimer votre auguste désir.

« De vous je tiens mon sceptre, et, par vous, favorable

« Le roi des Dieux daigna m'accueillir à sa table,

« Et soumit à ma loi ce turbulent essaim. »

Il dit : aux flancs du roc son sceptre suit sa main ;

Et les vents, franchissant l'impuissante barrière,

Tourbillons déchaînés, bouleversent la terre.

La mer en est saisie ; à ses gouffres vivants,

Des bruyants escadrons s'impriment les élans ;

Les flots amoncelés écument aux rivages :

Le cri de deuil s'allie au râle des cordages :

Le soleil s'est voilé dans les cieux, et la nuit
Teint ces eaux où la foudre étincelle à grand bruit :
Partout l'horrible mort devant l'homme se dresse.
Le héros que l'effroi, que la douleur oppresse,
S'écrie, au ciel levant ses suppliantes mains :

« Heureux ceux qui sous Troie ont fini leurs destins !
« O le plus fort des Grecs, vaillant fils de Tydée,
« Que n'ai-je vu ma vie à ton glaive accordée,
« Aux champs où sous Achille a pu tomber Hector,
« Où le grand Sarpédon fléchit devant la mort,
« Où dans le Simoïs, vers de sanglants abîmes,
« Les boucliers, les dards suivaient tant de victimes ! »

Il a dit, et la vague, aux murmures stridents,
Se rompt sur les vaisseaux qui montent ruisselants ;
La rame éclate; au flanc que chacun d'eux présente,
Le flot, mouvant rocher, avec fracas serpente.
L'un s'élève sur l'onde; au sable qui rugit,
L'autre descend, et l'onde autour de lui surgit.
Dans l'écueil qui s'étend sous une mer perfide,
Trois vaisseaux du Notus suivent l'aîle rapide :
Trois autres, par l'Eurus vers les Syrtes poussés,
Y plongent, sort affreux ! y demeurent fixés.

Au navire guidé par le fidèle Oronte,
La vague court s'abattre, et, béante, remonte;
Elle brise la poupe; au gouvernail détruit
Arrache le pilote, et trois fois, à grand bruit,
Sur les mâts engloutis, tournoyante, s'écoule.
Les naufragés épars suivent l'immense houle;
On voit flotter près d'eux leurs armes, leurs trésors.
La tempête triomphe; à ses puissants efforts
Ilionée, Achate, Abas, le vieil Aléthe,
Ne sauraient désormais disputer leur défaite.
Encor quelques instants, et, pour chaque vaisseau,
Va s'ouvrir, se fermer, le mobile tombeau.

Mais Neptune des mers entendait le murmure :
Leur révolte est pour lui la plus cruelle injure.
S'élevant de l'abîme, il paraît sur les flots,
Et son auguste front domine leurs assauts.
Ces Troyens dispersés dans son humide empire,
Eux contre qui le ciel avec l'onde conspire,
De sa perfide sœur le courroux les proscrit.
Il appelle aussitôt les Autans, et leur dit :

« D'où vous vient cette audace, ô peuple téméraire?
« Quoi! vous osez troubler et l'Olympe et la terre,

« Vous soulevez les flots?... et j'ai dù l'ignorer?,..

« Eux que je puis...[1] Mais l'onde au calme doit rentrer :

« Plus tard une autre peine atteindrait votre offense ;

« Fuyez!... A votre roi signalez ma puissance :

« L'empire de la mer, le sévère trident,

« Moi seul, je les obtins! Eole, cependant,

« Eurus, peut dans ces rocs, votre demeure sombre,

« Avec quelque fierté, sur vous, régner dans l'ombre. »

Il dit, et l'Océan s'inclinait, et le jour

Dans un ciel azuré reluit avec amour.

Cymothoë, Triton, dégagent de la grève

Les vaisseaux fracassés que le trident soulève :

Neptune leur sourit, et la tranquille mer

Voit son char qui l'effleure étinceler dans l'air.

Ainsi quand la révolte éveilla le vulgaire,

Des torches, des rochers, armes de la colère,

Signalent les assauts d'ignobles combattans ;

Soudain, qu'un homme auguste ait paru dans leurs rangs,

Ils s'arrêtent, sa voix rend la foule attentive ;

Son aspect les toucha, sa vertu les captive :

Tels, devant leur monarque, avaient fléchi les flots,

Quand son char sous l'azur eut suivi ses chevaux.

Les Troyens qu'a meurtris ce redoutable orage,
Lentement de l'Afrique abordent le rivage.
Au-devant d'une rade élargissant ses flancs,
Une île y voile un port : là, de flots mugissants,
Jamais la haute mer ne pénétra suivie :
A deux écueils géants l'entrée est asservie ;
Derrière eux est le calme, et de noires forêts
Répondent, à l'horreur des rocailleux sommets.
Au versant des écueils une grotte se creuse,
Des Nymphes d'alentour retraite gracieuse :
Leur siége est dans le roc ; une eau douce y jaillit :
Sans liens, dans ce port, le vaisseau s'assoupit.
C'est là qu'à la tempête arrachant son navire,
De six autres suivi, le héros se retire :
Le charme du rivage appelle le troyen,
Et de son corps trempé le sable est le soutien.

Mais, froissant un caillou, de l'éclair qu'il recèle
Achate fait fleurir la débile étincelle,
Le feuillage l'accueille, et d'arides rameaux
D'une flamme soudaine alimentent les flots.
Des greniers envahis par les eaux vengeresses,
Ils présentent au feu les humides richesses ;
Puis le grain blanchissait sous la pierre meurtri.

Au sommet d'un rocher le Héros a gravi.

Son regard inquiet, sur la vague azurée,

Recherche, mais en vain, quelque voile égarée.

Le vaisseau de Capys, Anthée ou Caïcus,

Nul n'est là : seulement, sur ces bords inconnus,

Trois cerfs, dont trente cerfs suivent la marche altière,

Paissent devant ses yeux : soudain sa main guerrière,

D'Achate, qui les porte, avait reçu ses traits :

Sur les chefs du troupeau, fiers de leur bois épais,

La flèche vole : en vain leur bande se fourvoie ;

Son arc aux sept vaisseaux assurait une proie :

Puis, vainqueur, il revient partager son butin ;

Il y joint la liqueur, doux charme d'un festin,

Riche présent d'Aceste et des ceps de Sicile,

Et des cœurs, à sa voix, la tristesse s'exile :

« Amis, vous connaissez les leçons du malheur ;

« Le sort vous a souvent montré plus de rigueur ;

« Mais un Dieu vous protége ! A la plage voisine,

« Polyphème et Scylla, rocailleuse assassine,

« Vous ont en vain troublés : chassez ce noir chagrin ;

« La peine d'aujourd'hui doit vous plaire demain.

« Ce Latium paisible où le ciel vous appelle,

« L'infortune y conduit, mais la rive en est belle ;

« Ilion, pour la gloire, y trompera la mort :

« Souriez au bonheur, c'est un facile effort. »

Il dit : son front serein déguise la tristesse,
Mais son âme retient la douleur qui l'oppresse.
Ses amis, plus joyeux, préparent leur repas ;
Sur les cerfs dépouillés erre le coutelas ;
Ils enfoncent aux dards leur pâture encor vive,
Ou, dans l'airain bouillant, la plongent sur la rive ;
Puis, sur l'herbe fleurie où fume leur festin,
La vie et le nectar descendent dans leur sein.
Mais, quand la faim s'éloigne, à leur triste pensée
De leurs amis absents l'image est retracée.
Doivent-ils exciter l'espérance ou le deuil ?
Dorment-ils pour toujours dans l'humide cercueil ?
Lycus, Gyas, Oronte, Amycus et Cloanthe,
Votre sort au héros sans cesse se présente.

Mais, du trône céleste, avec un œil d'amour,
Jupiter a du monde embrassé le contour.
Peuples, terres et mers, rien n'échappe à sa vue.
Tandis que de l'Afrique il sonde l'étendue,
Sa fille ose aborder son regard soucieux,
Triste, et voilant de pleurs le cil de ses beaux yeux.

« Roi du monde et du ciel, lui disait Cythérée,
« Toi qui peins sur l'éclair ta volonté sacrée,

7

« Enée et mes Troyens, au Latium promis ,

« Seront-ils, pour cela, de l'Univers bannis ?

« Quel crime exige-t-il des victimes sans nombre ?

« De l'avenir lointain perçant la voûte sombre ,

« Tu m'as fait voir un jour, sortis de notre sang ,

« Les fiers triomphateurs que la nature attend.

« Ah ! pourquoi me ravir cette douce espérance ?

« De Troie, à ce penser, j'oubliais la souffrance ;

« Son deuil disparaissait dans son nouveau destin ;

« Mais ce deuil se ranime !... en verrais-je la fin ?

« Anténor, échappant aux phalanges d'Achille ,

« Aux bords Illyriens put trouver un asile ,

« Franchir la Liburnie , et les sommets bruyants

« D'où le Timave, aux mers, roule ses neufs torrents :

« Là , nommant de son nom les peuples de ces rives,

« Il construisit Padoue ; et, dès ce jour oisives,

« Ses armes , dans la paix , protégent ses Troyens.

« Et nous, des immortels futurs concitoyens,

« Privés de nos vaisseaux, (ineffable misère !)

« Notre exil doit charmer une déesse altière !

« Est-ce ainsi que le sceptre au mérite est rendu ? »

Le Souverain du monde à ces mots est ému :

Son front s'épanouit, sous le divin sourire

Devant qui la tempête et le nuage expire ,

Un baiser à sa fille apporte ces accents :

« L'immuable avenir protége tes enfants !

« Oui, ne crains plus pour eux : tu verras l'Italie,

« Exauçant le destin, devenir leur patrie,

« Et la gloire d'Enée à l'Olympe briller :

« Rien, dans ce juste vœu, ne saurait m'ébranler !

« Mais (puisque ton amour à jamais s'inquiète)

« Ma bouche va du sort devenir l'interprète.

« Rangeant sous ses drapeaux cent peuples ennemis,

« Je vois au Latium Mars accueillir ton fils.

« Il y construit ses murs, sans déposer sa lance,

« Et Thémis, dans son camp, tient l'auguste balance ;

« Il règne en paix, trois ans ; puis, le sceptre à la main,

« Ascagne, trente hivers, succède à son destin :

« Ilus était son nom, quand Troie eut la couronne,

« Et le surnom d'Iule est celui qu'on lui donne.

« Sorti de Lavinie, Albe, à ses hauts remparts,

« Le verra confier le berceau des Césars,

« Et, dans ces nobles murs, sa race fortunée,

« Cent fois applaudira le retour de l'année,

« Jusqu'au temps solennel où le Dieu des combats

« Rendra mère... une vierge égarée en ses bras :

« Deux princes sont vos fils, ô royale prêtresse !...

« De la louve, pour toi prodigue de tendresse,

« Caressant la terreur, auguste Romulus,

« Tu surgis entouré de puissantes tribus :

« Rome que tu bâtis, de ton grand nom s'appelle,

« Et tu l'as alliée à ta gloire immortelle !

« Bien plus, cette Junon dont le ressentiment

« Arme le ciel, la terre et l'humide élément,

« Abjurant de son cœur l'amertume profonde,

« Aimera les Troyens... sur le trône du monde !

« Tels sont mes vœux. Un jour, les fils d'Assaracus

« Iront dans l'Argolide enchaîner des vaincus,

« Humilier Mycène et le palais d'Achille.

« Il naîtra de ton sang, dans l'éternelle ville,

« Jules César, d'Iule homonyme héros :

« Où finit l'Univers, cesseront ses travaux :

« Tu recevras au ciel ce vainqueur de l'aurore,

« Et les vœux des humains l'y chercheront encore.

« La nature à la paix dresse alors des autels :

« La Candeur et Vesta règnent sur les mortels :

« Un nouveau Romulus, idôle de la terre,

« A fermé, cette fois, le temple de la guerre ;

« Et, les bras, sur le dos, noués de fers pesants,

« La discorde y rugit, seule, et, les yeux sanglants. »

Jupiter a parlé : bientôt, vers la Lybie,

Mercure suit l'essor de son aile hardie :

Auguste messager, des colons Tyriens
Il va rendre les cœurs propices aux Troyens,
Inspirer à Didon une âme hospitalière :
Il fend, brillant éclair, la céleste carrière ;
Il arrive ; il fléchit le fier Carthaginois,
Et Didon, plus humaine, a reconnu sa voix.

Mais Enée, inquiet durant la nuit obscure,
Revoit avec bonheur le jour et la nature :
Son regard est jaloux d'interroger ces champs ;
Incultes, n'auraient-ils que d'affreux habitants ?
Voilà ce que sa flotte aujourd'hui doit connaître.
Dans l'enceinte des bois dont la voûte champêtre,
Enlacée aux rochers, s'avance sur les flots,
A la vague muette il commet ses vaisseaux.
Achate seul le suit ; mais, de sa main prudente,
Deux fois d'un javelot sort la pointe luisante.

Soudain, au fond d'un bois, Vénus s'offre à ses yeux :
De Sparte elle revêt les dehors belliqueux ;
Ou telle, à ses chevaux, l'amazone guerrière,
Plus prompte que l'Eurus, fait battre la poussière :
Son costume est pareil ; sous l'arme de l'amour,
Son épaule dessine un gracieux contour ;

Sa chevelure ondoie, et sa robe flottante
Au genou découvert se replie expirante.

« Jeunes guerriers, dit-elle, un fortuné hasard
« Aurait-il sur ma sœur guidé votre regard?
« Ou, sous la peau de lynx dont elle est revêtue,
« Pressant un sanglier, vous est-elle apparue? »

Le Héros lui répond : « Ni sa voix, ni ses yeux,
« Ne nous l'ont signalée au sentier ténébreux :
« Mais comment vous nommer? sans doute, une immortelle,
« Seule, a de tels accents, une face aussi belle :
« Nymphe, ou peut-être sœur de l'auguste Apollon,
« Secourez le malheur, quel que soit votre nom.
« Dites : quel est ce ciel, cette mer, ce rivage
« Où les vents et les flots ont poussé mon naufrage;
« Et, cent fois, affranchi de ce doute mortel,
« J'acquitterai ma dette au pied de votre autel. »

« Cet honneur est trop grand, lui répond la Déesse :
« Simple Sidonienne, agile chasseresse,
« J'obéis à l'usage en portant ce carquois;
« Ce cothurne de pourpre, à lui seul je le dois.
« Des cruels Lybiens ces bords sont la patrie;
« Mais non loin est de Tyr la noble colonie ·

« A Didon, échappée à son frère inhumain,

« La naissante cité confia son destin ;

« De l'auguste Didon, guerriers, voici l'histoire.

« L'époux que lui choisit et l'amour et la gloire,

« Fut Sychée : on vantait ses trésors et son cœur ;

« Vierge, à peine pubère, il en fut possesseur !

« Mais la mort à Bélus enlevant la couronne,

« Pygmalion, son fils, est monté sur le trône.

« Tigre à figure humaine, assassin ravisseur,

« Il surprend aux autels l'idole de sa sœur,

« L'immole, et, sans pitié pour un tendre hyménée,

« Berce d'un faux espoir l'amante infortunée.

« Spectre révélateur de ce sombre forfait,

« A Didon, dans la nuit, son époux apparaît ;

« Il lui montre l'autel où tomba la victime,

« Sa blessure, et le voile étendu sur le crime ;

« Il la convie à fuir d'un pays inhumain,

« Et de trésors cachés arme sa faible main.

« Émue, elle s'éveille, au départ se prépare ;

« Par la crainte ou la haine éloignés du barbare,

« Ses amis l'ont rejointe, et, surpris dans le port,

« Des vaisseaux emportaient leur courage et leur or.

« A l'avare tyran sa richesse ravie

« D'une femme sur l'onde a suivi le génie.

« Ils arrivent enfin aux lieux où vos regards

« Vont bientôt de Carthage admirer les remparts.

« La peau d'une génisse, effilée en courroie,

« Sur le sol qu'on leur cède en orbe se déploie,

« Et, du pacte malin fidèle expression,

« Byrsa, leur citadelle, en conserve le nom.

« Mais, vous, en quel pays reçûtes-vous la vie?

« D'où venez-vous? Par vous quelle voie est suivie? »

Poussant un long soupir, le Héros lui répond :

« Déesse, mon destin en malheurs est fécond;

« A leur fatal berceau s'il fallait les reprendre,

« Si vous aviez enfin le loisir de m'entendre,

« Le soleil s'éteindrait sans que j'eusse fini.

« Troyens (ce nom peut-être a pour vous retenti),

« De l'Asie exilés, vers ce lointain rivage,

« Une inconstante mer fraya notre passage.

« Je suis Enée; au ciel qui souffre mon malheur,

« Rempli de piété, je puis montrer mon cœur.

« Echappé du tombeau de ma triste patrie,

« Je cherche à mes foyers cette heureuse Italie

« Où jadis Jupiter engendra mes aïeux.

« Vingt vaisseaux en Phrygie avaient reçu mes dieux,

« Dans ce jour où Vénus, mon immortelle mère ,

« Sur l'onde à mes destins désigna leur carrière :

« A peine, sous les vents, sept mâts n'ont point fléchi ;

« Un désert me reçoit, pauvre, inconnu, banni ! »

A ce cri de douleur, la Déesse est émue :

« Le ciel sur toi, dit-elle, aime à fixer sa vue,

« Puisqu'aux murs tyriens il put te diriger :

« Poursuis, cherche Didon, qui doit te protéger.

« Si dans l'art d'augurer mes parents m'ont instruite,

« Si cet art n'est point vain, regarde : dans leur·fuite,

« Douze cygnes tantôt, sous la voûte des cieux,

« Se taisaient devant l'aigle ; et maintenant joyeux,

« A la plage où bientôt va s'abattre leur file,

« Leurs stridents ailerons réclament un asile ;

« Avec eux, dans le ciel, ont tournoyé leurs chants :

« De même tes vaisseaux triomphèrent des vents,

« Et, préservés du sort que ta frayeur redoute,

« T'engagent par ma voix à poursuivre ta route. »

Vénus s'éloigne alors, et, sur son front divin,

La rose épanouit les trésors d'un beau sein ;

De célestes parfums révèlent sa noblesse ;

Sa robe s'évapore, elle est nue … et Déesse !

Son fils la reconnaît : « Cruelle à votre tour,

« Ah ! pourquoi si souvent trompez-vous mon amour ?

« Ne pourrais-je arriver à cette main si chère ?

« Vous entendre, et répondre, en vous disant : ma mère ! »

Ainsi, dans son chemin, s'exhalaient ses regrets.

Mais Vénus autour d'eux verse un nuage épais ;

Nul ne pourra les voir, entraver leur passage,

Et, sondant leurs projets, ralentir leur voyage.

Elle-même, à Paphos, suit son vol dans les airs ;

Joyeuse, elle y revoit ses bosquets toujours verts,

Son temple où l'Arabie épuise mille offrandes,

Et ses nombreux autels embaumés de guirlandes.

Dévorant son chemin, le couple voyageur

Avait gravi déjà l'orgueilleuse hauteur,

D'où l'œil peut s'égarer sur le moderne asile.

Où furent des hameaux, on admire une ville :

Le portique se voûte ; un populaire bruit

S'allonge avec la rue où le toit se construit ;

Là, grandit le rempart ; ici, la citadelle

Voit monter le rocher qui pèsera sur elle.

Les lois, les magistrats, le sénat, sont choisis.

Plus loin, le port se creuse, et, là, de hauts lambris

Ont enceint le théâtre, où le marbre en colonne

Bientôt de Melpomène embellira le trône.

A l'aube du printemps, ainsi la plaine. en fleurs
De bourdonnants essaims signale les ardeurs,
Lorsqu'ils vont au soleil présenter leur famille,
Et pétrir ce nectar dont l'alvéole brille :
Celui-ci du nomade accueille les fardeaux ;
L'autre du vil frêlon repousse les complots ;
Tout travaille, et leur miel, délicieuse lave,
Du thym dont il naquit répand l'odeur suave.

Mais Carthage d'Énée a frappé les regards :
« Heureux celui qui voit s'élever ses remparts ! »
Il dit, et dans la nue, impénétrable asile,
O prodige ! il s'avance ; il traverse la ville.

Au centre de Carthage, il fut un bois riant,
Où d'abord, échappé du tourbillon mouvant,
Creusant le sol sacré, l'enfant de Phénicie
Vit rouler d'un coursier la tête ensevelie :
Junon, par ce présage, au bord hospitalier,
Proclamait leur grandeur, leur avenir guerrier.
Aussi son temple est là : l'orgueilleuse Déesse
Y reçoit de Didon l'opulente largesse ;
Sur des degrés de bronze elle entre à son palais ;
La voûte en est d'airain, d'airain les gonds sont faits.

Pour la première fois, en cette auguste enceinte,
Énée a dans son cœur senti mourir la crainte :
Pour lui d'un jour plus pur s'éclaire l'horizon.
Tandis que, dans le temple, il va cherchant Didon,
Et que son œil sourit à l'art qui le décore,
Ilion tout-à-coup devant lui se colore ;
Là, sont peints ces combats dont le monde a frémi :
De la Grèce et de Troie à la fois ennemi,
Achille s'y présente : alors les yeux en larmes :
« Que les malheurs passés offrent souvent de charmes !
« Vois, Achate ! de nous s'entretient l'univers :
« Ce vieillard est Priam : Didon plaint nos revers ;
« Ne crains plus, le bonheur de la gloire peut naître ! »

Il dit, de vains tableaux sous ses yeux vont paraître ;
Mais de pleurs, à leur vue, il gémit inondé :
Ici, le Grec vaincu s'éloigne intimidé ;
Plus loin, le char d'Achille apporte l'épouvante !
Là, de l'altier Rhésus blanchit la noble tente ;
Pour la première fois, elle y cède au sommeil ;
O malheur ! Diomède y conduit le réveil !
De Rhésus immolé les coursiers ont un maître,
Avant que sur ses bords le Xanthe les vît paître.

Ailleurs, erre Troïle, agresseur imprudent,
Qu'Achille de sa lance effleurait en passant :
Infortuné ! son arme à ses mains est ravie ;
Il tient encor le frein, mais sa tête flétrie,
Du char inanimé, se penche, et, sur son front,
La poussière s'empreint, triste et dernier affront !

Ici, devant Pallas, humblement désolées,
Frappant leur sein, au front de leurs cheveux voilées,
Les Troyennes offraient des tissus précieux ;
La Déesse implacable en détourne ses yeux.

Hector, trois fois traîné sous la royale ville,
Conquête de la mort, est vendu par Achille :
Ce martyr de la gloire, et ce roi suppliant,
Vieillard baisant la main qui fume de son sang,
Immense deuil, font naître une douleur immense.

Le héros se retrouve au champ de la vaillance,
Où, près de lui, l'Aurore a secondé Memnon :
Penthésilée anime un imberbe escadron ;
L'or a bordé son sein privé de sa mamelle,
Et, femme, elle voit fuir des hommes devant elle.

Tandis que du guerrier les regards stupéfaits
Errent sur ces tableaux, mornes et satisfaits,
De jeunes Tyriens Didon accompagnée
Arrive, et ses attraits, seuls, l'avaient couronnée :
Aux bords de l'Eurotas, ou sur le haut Cynthus,
Diane mène ainsi ses pudiques tribus ;
Le carquois à l'épaule, elle marche en déesse,
Et Latone à sa vue est pâle d'allégresse.
Telle, Didon se montre à ses peuples joyeux,
Hâtant de sa grandeur l'avenir radieux.
Le travail ranimé signale sa présence :
Elle entre dans le temple, et, sous la voûte immense,
Près du portique, au sein des emblèmes de mars,
Un trône la reçoit : elle sourit aux arts ;
Elle dicte des lois ; elle prescrit l'ouvrage,
Et sa voix, ou le sort, en fixe le partage.

Tout-à-coup, entourés de nombreux Tyriens,
Accourent, suppliants, des naufragés Troyens ;
Ils ont, sur d'autres bords, lancés par la tempête,
Arrêté leurs vaisseaux : Anthée est à leur tête :
Puis arrive Sergeste, et Cloanthe le suit.
Le héros méconnaît le ciel qui les conduit :
Il est joyeux, et craint : sa tendresse inquiète
L'entraînerait vers eux ; un noir soupçon l'arrête :
Il veut des Tyriens interroger l'accueil.

Ainsi, toujours voilé du nébuleux cercueil,

Il attend, immobile avec impatience,

Et son cœur de Didon implore la sentence.

Quel bord de ses amis abrita le destin ?

Que réclame leur voix, leur suppliante main ?

Mais au temple ils entraient : à la reine étonnée,

Enfin parle, humblement, le vieux Ilionée :

« Noble Reine, dit-il, ô vous à qui les Dieux

« Ont donné les remparts qui naissent sous vos yeux ;

« Vous dont l'humanité désarma la Lybie,

« Des Troyens que retient une mer ennemie,

« Vous implorent ; du feu défendez leurs vaisseaux,

« Et que leur piété fasse plaindre leurs maux !

« Nos mains n'ont point chez vous apporté le ravage,

« Détourné le butin, surpris sur cette plage :

« La faiblesse aux vaincus commande la raison.

« Un lieu (parmi les Grecs l'Hespérie est son nom,)

« OEnotrie autrefois, désormais Italie,

« D'un peuple antique et brave opulente patrie,

« Attendait nos vaisseaux : tout-à-coup, devant eux,

« L'Océan s'est dressé, sous un ciel orageux :

« Aux Syrtes, aux écueils, à l'onde courroucée,

« Les vents ont partagé la flotte dispersée :

« A peine un petit nombre a pu toucher ces bords.

« Mais pourquoi, contre nous, de barbares efforts ?

« L'inhospitalité règne sur ce rivage :

« La mer nous repoussa, la terre nous outrage.

« Ah! si les suppliants ne sont rien à vos yeux,

« Si vous nous opprimez, songez qu'il est des Dieux !

« Enée est notre roi : nul homme sur la terre

« Ne fut ni plus humain, ni plus fort dans la guerre :

« S'il vit pour ses destins, si ce digne héros

« N'est point tombé, du jour, dans l'éternel repos,

« Vos bienfaits, reine auguste, auront leur récompense !

« Je puis aussi d'Aceste invoquer l'opulence :

« Ce vaillant Phrygien, en Sicile arrêté,

« Acquittera, pour nous, votre hospitalité.

« Mais.... du peuple Troyen, noble roi, tendre père !

« Si la mer t'engloutit, et si l'heure dernière

« S'écoula pour ton fils, puissions-nous désormais,

« Près d'Aceste rendus, devenir ses sujets ! »

Il dit, et les Troyens approuvaient son langage :

La reine lui répond : « Renaissez au courage :

« L'enfance de l'empire exige ma rigueur ;

« Mais elle n'atteindra qu'un perfide agresseur.

« Qui ne connaît Énée et le deuil de Pergame,

« Ses vertus, ses héros et son cercueil de flamme?

« Tyr n'est pas loin des lieux où fut votre Ilion,

« N'est pas assez grossier pour ignorer son nom.

« Vers le trône d'Aceste, ou la grande Hespérie,

« Du sceptre de Saturne autrefois ennoblie,

« Mes vœux vous guideront, ainsi que mes secours.

« Ici même, s'il faut, connaissez d'heureux jours ;

« Mon royaume est le vôtre, arrêtez vos navires ;

« De Carthage et de Troie unissons les empires.

« Et plût aux Dieux qu'Énée, aux mêmes flots cédant,

« Avec vous eût paru !... Rassurez-vous pourtant :

« Mes envoyés iront, aux confins de Lybie,

« Rechercher en tous lieux sa trace évanouie. »

Par ces mots rassurés, Énée et son ami

Brûlent de repousser leur nébuleux abri.

Achate, le premier, dit d'une voix rapide :

« Fils des Dieux, quel penser dans votre âme réside ?

« Le sort vous a rendu vos frères, vos vaisseaux ;

« Un seul manque, nos yeux l'ont vu céder aux flots :

« Le destin fut docile aux vœux de votre mère. »

A peine achevait-il, que la nue éphémère

S'entr'ouvre, s'évapore : éblouissant de feux,

Beau comme l'immortel, le héros s'offre aux yeux.

Ces vifs regards, Vénus à son fils les inspire ;

Elle orne ses cheveux, enflamme son sourire ;

8

Tel le marbre, l'ivoire et l'argent ont brillé,
Quand l'or, par l'ouvrier, autour d'eux est roulé.
Mais le héros disait à la reine surprise :

« Voici qui vous cherchez, le Troyen fils d'Anchise.
« Avec peine échappé d'une mer en fureur,
« Je trouve sur ses bords l'asile du malheur.
« Reine auguste, vous seule avez daigné sourire
« A ces tristes débris contre qui tout conspire :
« Pauvres, errants, vaincus, vos murs leur sont ouverts :
« Qui paîra ce bienfait dans l'immense univers?
« Des Troyens dispersés trop faible est la puissance ;
« Les Dieux seconderont notre reconnaissance :
« Le bon cœur, l'équité, n'échappent pas aux Dieux.
« Ah! béni soit le jour où s'ouvrirent vos yeux !
« Puisque les malheureux sont de votre famille,
« Gloire à ceux dont l'amour vous appela : ma fille!
« Aussi, tant que la mer aux fleuves s'ouvrira,
« Qu'au pied des hauts sommets leur ombre tournera,
« Que les cieux étoilés rouleront sur nos têtes,
« Vous serez, dans nos cœurs, ce qu'aujourd'hui vous êtes ;
« Et, quel que soit le bord où renaisse Ilion,
« Un nom nous sera cher, à jamais... votre nom! »

Il a dit, et sa main tour à tour est donnée
A Sergeste, Gyas, Cloanthe, Ilionée :
Sa présence d'abord, ensuite son malheur,
Dans le cœur de Didon, font naître la stupeur.

« L'Infortuné ! dit-elle, ah ! sur ce bord sauvage,
« Quel destin, vers la mort, égarait son courage !...
« C'est donc vous que Vénus, non loin du Simoïs,
« Remit au noble Anchise, en vous nommant son fils !
« Teucer, il m'en souvient, chassé de sa patrie,
« Et désirant à Cypre asseoir sa colonie,
« (Cypre tremblait alors sous le joug tyrien)
« Vint auprès de Bélus implorer un soutien.
« Ce guerrier des rois grecs nous raconta l'histoire :
« Je connus d'Ilion les revers et la gloire :
« Quoique ennemi, Teucer exaltait les Troyens,
« Et, parmi leurs aïeux, prétendait voir les siens.
« Ainsi, ne craignez plus d'aborder mon empire.
« Le destin, comme à vous, fut lent à me sourire :
« Mais il a, sur ces bords, adouci sa rigueur.
« Pour moi, l'humanité fut le prix du malheur. »

Cependant le palais a brillé sur leur tête :
L'encens fume, et Carthage a ses habits de fête.

La généreuse reine, aux Troyens des vaisseaux,
Envoyait à l'instant vingt superbes taureaux;
Cent agneaux, cent brebis les suivent, et, derrière,
Cent fois noircit le porc, hérissé de poussière :
Bacchus est du voyage, et la joie avec lui.

Mais le royal palais de son luxe a relui.
La salle du festin de tapis se décore;
Elle revêt la pourpre, amante de l'aurore.
D'argent, d'or ciselé, la table resplendit;
L'héroïsme de Tyr dans leurs feux est écrit;
Des aïeux de Didon la glorieuse histoire,
Ainsi que son regard, y charme sa mémoire.

Le Héros (son grand cœur le commandait ainsi)
Précipite les pas d'un messager ami :
Pour son fils bien aimé sa tendresse s'afflige,
Et veut que, vers Didon, Achate le dirige.
Ascagne apportera des objets précieux
Qui trompèrent des Grecs l'avarice et les feux;
Un riche tissu d'or qu'un beau dessin enlace,
Un voile que l'acanthe environne avec grace,
Présent que de Léda reçut Hélène, un jour,
Sur ses pas, à Pergame, égaré par l'amour.

Il doit offrir encor le sceptre d'Ilione,
Son limpide collier, sa brillante couronne.

Tandis que l'envoyé marchait vers les vaisseaux,
Vénus ouvre son âme à des projets nouveaux :
Elle veut que, d'Ascagne empruntant le visage,
L'Amour vienne, à sa place, aux remparts de Carthage ;
Et qu'offrant à Didon ce présent radieux,
Le soleil de Cythère éblouisse ses yeux.
Cette hospitalité lui paraît chancelante,
Et de Junon surtout le temple l'épouvante.

« Mon fils, mon seul appui, dit-elle à Cupidon,
« Toi qui braves la main qui renversa Typhon,
« Dieu plus fort que ton roi, sois propice à ta mère !
« Du mortel en qui seul tu retrouves un frère,
« Ton cœur plus d'une fois déplora les revers ;
« Tu sais comment Junon lui ferme l'univers.
« Maintenant, échoué près des murs de Carthage,
« La reine l'y retient par un flatteur langage.
« Mais qu'attendre d'un peuple esclave de Junon ?
« D'une chaîne plus forte il faut ceindre Didon :
« Il faut qu'à l'équité sa tendresse s'allie,
« Que ton frère la charme, et qu'elle en soit saisie.

« Écoute le projet que mon cœur a roulé :

« Aux murs Sidoniens, par son père appelé,

« Ascagne, mon amour, aussitôt va se rendre,

« Chargé des dons que Troie exhala de sa cendre.

« A cet enfant, ravi dans un sommeil de paix,

« Idalie ou Cythère ouvrira ses bosquets ;

« Mon projet, cette nuit, réclame son absence ;

« Cette nuit seulement revêts son innocence,

« Sa démarche, ses yeux, son sourire enfantin ;

« Et, quand Didon croira le presser sur son sein,

« Au milieu du banquet, quand sa bouche brûlante

« Cueillira le baiser que ta bouche présente,

« Que le venin d'amour, de ta lèvre épanché,

« Germe au fond de son cœur, perfidement caché ! »

L'Amour, obéissant, a dépouillé son aile ;

Il va, du pas d'Ascagne, à la cité nouvelle,

Tandis que cet enfant, saisi d'un doux sommeil,

De Vénus abordait le royaume vermeil.

Aux bocages profonds, une couche de rose

Est le berceau riant où Vénus le dépose ;

D'ombrage et de parfums son amour l'a voilé.

Cupidon cependant marche d'un pas ailé ;

Il porte les présents que le héros réclame ;

Et, joyeux, a suivi l'envoyé de Pergame.

Il arrive : déjà, sous un dais somptueux,

Au milieu d'un banquet, la reine s'offre aux yeux.

Enée et ses Troyens, sur la pourpre éclatante,

Mollement vont s'asseoir, et l'eau resplendissante

Ruisselle sur leurs mains qu'essuie un blanc tissu.

De la blonde Cérès les présents ont paru.

Une foule, au dedans, vers les buffets se presse,

Et des dieux du foyer réchauffe la vieillesse.

Un essaim virginal, un juvénile essaim,

Ou dispose les mets, ou fait mousser le vin.

Des Tyriens aussi, dans l'enceinte brillante,

L'élite conviée aux regards se présente.

Le riche tissu d'or, le voile précieux,

L'Iule mensonger, séduisent tous les yeux.

Dans ce moment fatal, la malheureuse reine

Cède, avec innocence, au penchant qui l'entraîne ;

Son imprudent regard prépare son malheur ;

Un antique frisson se réveille en son cœur.

Cet enfant, et ces dons qu'autour d'elle on admire,

Elle, sans admirer, les contemple,.. et soupire !

Bientôt des bras d'Enée, abusé, mais heureux,

Cupidon vers la reine a dardé ses beaux yeux :

L'infortunée, hélas ! lentement le regarde,

Le caresse, et l'enfant, vers son sein se hasarde :

Elle ignore quel dieu s'assied sur ses genoux !
Celui-ci, de son ame, éloignait son époux ;
Dans ce cœur où Vénus va reprendre sa place ;
Sychée est désormais un vain nom qui s'efface.

Mais le banquet s'épuise, et, la table fuyant,
Arrive le cratère au contour écumant :
Un long cri l'accueillait : chaque lèvre frissonne,
Et le vaste lambris d'allégresse résonne.
Des lustres rayonnant sous le cintre argenté,
Dans la nuit qui n'est plus, prodiguent leur clarté.
Didon demande alors la coupe radieuse,
Chère à tous ses aïeux, et, d'une main pieuse,
Y verse un vin sacré : puis, sous ses nobles toits,
Un silence profond répondait à sa voix :
« Dieu, dont l'hôte craintif implore la justice,
« Qu'aux deux peuples ce jour, grâce à toi, soit propice !
« Qu'il soit encor vivant pour nos derniers neveux !
« Joyeux Bacchus, Junon, souriez à nos vœux !
« Et vous, enfants de Tyr, imitant votre reine,
« Célébrez ses amis, et consolez leur peine ! »

A ces mots, pour les Dieux, le vin s'est épanché,
Et la royale bouche à la coupe a touché.

Ensuite à Bitias la reine la présente ;
Celui-ci la reçoit, et l'aspire écumante ;
Il disparaît sous l'or ; et chacun, l'imitant,
S'incline tour à tour vers le vase écumant.

Mais Iopas saisit sa radieuse lyre,
Et les leçons d'Atlas sont l'hymne qu'il soupire.
De l'errante Phœbé sa voix décrit le tour,
Le soleil renaissant sur le trône du jour :
De la fange animée il chante l'origine,
La foudre qui jaillit d'une source divine,
Les Hyades, l'étoile amoureuse du Nord,
Phœbus, pendant l'hiver, abrégeant son essor,
Et les soirs de l'été qui lentement noircissent :
Troyens et Tyriens à sa voix applaudissent.

S'abreuvant à longs traits d'un malheureux amour,
Didon va prolonger sa veille jusqu'au jour,
De Priam et d'Hector redemande l'histoire,
Des armes de Memnon veut connaître la gloire,
Le char de Diomède et le laurier divin
Qu'à la tête d'Achille imprima le destin.

« Bien plus, dit-elle enfin, à sa source première,

« Mon hôte, reprenez cette trame guerrière :

« Peignez-nous vos exploits et surtout vos malheurs,

« Et l'univers, sept ans, témoin de vos douleurs. »

FIN.

TABLE.